KB160671

조선왕조실록에 보이는
남명南冥 조식曺植 (1)

이 책은 2008년도 경상남도 지원금에 의해 개발되었음.

경상대학교 남명학연구소
남명학교양총서 13

남명 전기 자료

조선왕조실록에 보이는 남명南冥 조식曺植 (1)

崔錫起 편역

景仁文化社

책머리에

나는 1989년 3월 1일부로 경상대학교 한문학과 전임강사가 되었다. 학연도 지연도 아무 것도 없는 낯선 곳에 첫발을 들여놓았다. 어렵사리 적응을 해 나가고 있을 무렵, 지금은 고인이 되신 이정한 총장께서 남명 조식 선생에 관해 논문을 쓰라고 명하셨다. 전임강사 주제에 그 명을 따를 수밖에. 그렇게 해서 나는 피상적으로만 알고 있던 남명 선생과 만나게 되었다. 그리고 벌써 20년의 세월이 흘렀다.

돌이켜 보니, 나는 남명학에 관해 3권의 저술과 10여 편의 논문을 썼다. 적지 않은 분량이다. 그리고 남들은 나를 두고 남명 선생의 후예라고 한다. 닮았다는 것이다. 내가 어디 감히 남명 선생의 발밑에라도 다가갈 수 있으랴. 다만 선생의 뜻을 제대로 알지 못하고서 함부로 글을 쓰고 있지나 않나 두려울 뿐이다.

나는 남명학 교양총서를 기획하고 그 첫 번째 책을 썼다. 『나의 남명학 읽기』가 그것이다. 어쭙잖은 내 사상을 슬쩍 가미하기도 하면서, 남명학의 본질을 현대적으로 전달해 보려 했다. 그러나 지금 와서 보니, 왠지 어설프다. 아직 설익었기 때문이리라.

어쨌든 남명학 교양총서는 남명사상을 대중들에게 널리 알리는 데 나름대로 역할을 하고 있다는 평을 받고 있다. 그런데 정작 문제는 대중에게 쉽게 읽힐 수 있는 글을 쓸 필자를 찾기가 참으로 힘들다는 것이다. 필자를 찾기 어려운 난관에 부딪혀서, 나는 또 새로운 기획을 했다. 남명 선생의 전기 자료를 유형별로 번역하고 정리해 교양총서로 내는 것이다. 분야를 나누고 필자를 찾아 위촉했다. 그러나 이 역시 원고가 생각대로 들어오지 않고 있다. 교양총서라는 것이 생각보다 글쓰기가 어렵기 때문이다. 그렇지만 몇 년 안에 여러 책이 나올 것이다.

내가 맡은 분야는 조선왕조실록 등에 나타나는 남명 선생 관련 기록을 뽑아 정리하고 번역하는 일이다. 틈틈이 작업을 했는데, 소소한 기사를 빼고서도 책 1권 분량이 훨씬 넘었다. 그래서 교양총서 2권 분량으로 다시 편집하였다.

이 책은 조선왕조실록에 나타나는 남명 선생 관련 기사 가운데, 돌아가신 해인 1572년까지의 기사만 채록하여 번역해 놓은 것이다. 기사별로 제목을 붙이고, 관련 원문과 출전을 뒤에 붙였다. 막상 정리하고 번역하는 일을 마치고 보니, 생의 주요 국면들이 생생하게 살아나는 듯하다.

이 책에는 사진이나 그림을 붙이지 못했다. 그것은 책의 성격상 어쩔 수 없는 일이었다. 이 책을 읽는 분들은 너그러이 양해해 주시기 바란다. 나는 이 책을 읽는 분들이 한 번이라도 찡한 느낌을 받는다면, 더 이상 바랄 것이 없다.

끝으로 남명학 교양총서를 계속 잘 만들어주시는 경인문화사 한정희 사장님 이하 전 직원 여러분께 감사드린다. 아울러 보급에 더 힘을 써 주시기를 기대한다.

2009년 5월 15일
경상대학교 남명학관 산해실에서
최석기가 쓰다.

목차 *contents*

일러두기

1. 이 책의 내용은 『조선왕조실록』에 수록된 남명 조식 관련 기사 가운데 조식의 졸년인 1572년까지의 기록을 연월일의 순으로 정리한 것이다.
2. 이 책에 수록되지 않은 『조선왕조실록』에 수록된 조식 관련 나머지는 기사는 별책으로 출판하였다.
3. 이 책은 국사편찬위원회에서 영인한 『조선왕조실록』 원본과 한국고전번역원(민족문화추진회)에서 번역한 『조선왕조실록』을 참고하였다. 번역문은 기왕의 번역을 참고하되, 독자들이 편하게 읽을 수 있도록 새로 번역한 것이다.
4. 『조선왕조실록』 가운데 『선조실록』과 『선조수정실록』의 기사가 동일한 내용이 중복되는 경우는 『선조수정실록』의 기사를 제외하였다.
5. 『조선왕조실록』 기사 중 단순히 '조식'의 이름만 보이고, 내용이 조식과 관련되지 않은 기사는 제외하였다.
6. 『조선왕조실록』 기사 중 다른 인물에 관한 기사일지라도

조식과 관련이 있는 내용은, 부분적으로 발췌하여 수록하였다.

7. 분량이 많은 기사는 조식 관련 부분만 발췌하고 나머지는 생략하였다.
8. 이 책의 성격상 꼭 필요한 경우에만 주석을 달았다.
9. 원문의 간주間註는 【 】 속에 넣어 구별하였고, '史臣曰'은 ⊂ ⊃ 속에 넣어 구별하였다. 간주 가운데 본문을 읽는 데 방해가 되는 불필요한 부분은 일부 생략하였다.
10. 번역문 밑에 원문을 제시하여 참고하게 하였으며, 원문 밑에 출전을 명기하였다.

01. 경상도 관찰사 이몽량李夢亮[1)]이 조식曺植[2)]을 천거하다.

경상도 관찰사 이몽량이 초계草溪에 사는 전 전옥서 참봉典獄署參奉 이희안李希顔, 삼가三嘉에 사는 포의布衣 조식을 천거하였다. 또 청렴하고 근면한 수령 상주목사尙州牧使 전팽령全彭齡, 영천군수永川郡守 김취문金就文, 지례현감知禮縣監 노진盧禛을 천거하였다.

【이희안은 재주와 행실이 탁월하고 기이하며 효성과 우애가 돈독하였다. 모친상을 치르는 3년 동안 한 번도 집에 가지 않았고 한 번도 상복을 벗지 않았다. 중종 때 천거되어 관직에 제수되었으나, 사은숙배한 뒤 곧장 고향으로 돌아갔다. 자신의 이름이 세상에 알려지기를 구하지 않았다. 관청에 드나들지 않았고, 의리가 아니면 그 어떤 것도 취하지 않아, 온 고을 사람들이 흠모하였다. 조식은 방정하고 청렴하고 개결介潔한 사람이다. 형제와 함께 한 집에 살면서 사사로이 자기의 재물로 소유하지 않았다. 학문에 뜻을 두고 과거공부를 일삼지 않았다. 부모의 상을 당해서는 3년 동안 상복을 벗지 않았으며, 집안에 한 섬의 식량도 없었지만 항상 태연자약하였다.】

⎿사신은 논한다⏌ 이희안・조식 두 사람의 학문과 행실은

옛날 사람들에게서 찾는다 해도 많이 얻을 수 없다. 기묘년(1519) 이후로 사기士氣가 꺾이고 위축되어 세상 사람들이 모두 학문을 기피하였다. 그래서 선은 좋아할 만한 것이고, 어진 이는 존중해야 한다는 사실을 모르게 되었다. 그런 분위기 속에서도 초야에 묻혀 알려지기를 구하지 않는 군자들이 있어, 누차 재상이나 감사가 조정에 천거하는 데 거론되고 있다. 이를 통해 우리는 선을 좋아하고 악을 미워하는 천성이 없어지지 않고 남아 있어서 그런 것임을 알 수 있다. 옛사람이 말하기를 "인재는 다른 시대에서 빌릴 수 없다."고 했으니, 윗자리에 있는 사람이 성심으로 그들을 구한다면, 재주와 행실을 겸비하고 학문이 해박하며 안분지족으로 도를 지키며 이익만을 추구하지 않는 자가 어찌 이 두 사람에 지나지 않겠는가. 김취문金就文·노진盧禛 같은 사람도 모두 학문과 행실이 있어, 청렴하고 근면하다는 것만으로 지목될 사람이 아니다. 이들을 발탁하여 좌우에 둔다면 어찌 하지 못할 일이 있겠는가? 그러나 이들을 낮추어 보고 존중하지 않으며, 그들을 멀리 하고 가까이하지 않으니, 지금 인물을 선발하고 임명하는 권한을 가진 자는 그 책임을 면할 수 없을 것이다.

○ 辛卯 慶尙道觀察使李夢亮 薦草溪居前典獄參奉李希顔 三嘉居布衣曺植 又擧廉謹守令尙州牧使全彭齡 永川郡守金就文 知禮縣監盧禛 【希顔 才行卓異 孝友兼篤 母喪三年 一不到家 不脫衰絰 中廟朝 薦擧授職 謝恩還鄕 不求聞達 足絶官門 非義不取 一鄕欽服 曺植 方正廉潔 兄弟同居 不私己物 有志學問

不事科擧 父母喪三年 身不脫衰絰 家無甔石 常晏如也】

史臣曰 二人學行 求之於古 不可多得 而自己卯以後 士氣沮喪 世皆以學問爲諱 不知善可好賢可尊 而沈淪草野 不求聞達之君子 屢發於宰相監司之薦聞 足見好惡之天 有所不泯而然也 古人云 才不借於異代 在上之人 苟能心誠求之 則才行兼備 學問該博 安貧守道 不求利祿者 豈止斯二人 而如金就文盧禛 亦皆有學行 不但以廉謹目之者也 擢而用之 置諸左右 尙何不可之有哉 下焉不尊 遠焉不近 當時秉權衡人物之柄者 不得辭其責也

≪출전≫『明宗實錄』권13, 명종 7년(1552, 壬子) 3월 9일(辛卯)

02. 이조吏曹에서 조식 등을 서용할 것을 건의하다.

이조에서 아뢰기를, "유일遺逸에 해당되는 사람을 팔도로 하여금 찾아서 치계馳啓[3]하게 했는데, 경상도・청홍도淸洪道[4]・경기는 계본啓本[5]이 도착하였고, 다른 도의 계본은 아직 이르지 않았습니다. 우리나라는 작아 쓸 만한 사람이 있으면 알려져 환히 알 수 있습니다. 오늘 문서로 아뢰는 자를 우선 먼저 서용하소서."라고 하니, 임금이 "모두 주부主簿[6]에 제수하라."고 전교하였다.

【파주坡州에 사는 성수침成守琛[7]은 효성스런 행실이 특이하고 청렴으로 자신을 지켰으며, 학문은 경전과 역사에 통달하였다. 한가로이 지내면서 홀로 도를 즐겼으며, 과거시험에 나아가지 않았다. 이 사람은 옛날의 일민逸民[8]에 견주어도 전혀 부끄러울 것이 없다. 초계에 사는 이희안李希顔[9]은 재주와 행실이 탁월하고 기이하여 모친의 삼년상에 한 번도 집에 가지 않았으며, 상복을 벗지 않고 죽만 먹으며 슬퍼하였다. 중종 때 벼슬을 제수했으나 사은숙배하고는 고향으로 돌아갔다. 관청의 문에 발걸음을 하지 않았다. 진주晉州에 사는 조식曺植은 성품이 방정하고 청렴하였다. 형제가 함께 살면서도 사사로이 자기의 재물로 삼지 않았다. 부모의 삼년상을 치르는 동안 상복을 벗지 않았다. 집안에 한 섬의 쌀도 없었지만 이름이 알려지기를 구하지 않았다. 공주

公州에 사는 성제원成悌元[10]은 작은 일에 구애되지 않는 호방한 성격을 가진 인물로, 학문을 좋아하고 힘써 실행하였다. 어머니의 상을 당해서는 한결같이 예법을 따랐으며, 삼년상을 마친 뒤에는 묘소 옆에다 집을 짓고 종신토록 그곳에서 살 생각을 하였다. 지평砥平에 사는 조욱趙昱[11]은 재주와 행실이 높고 개결하였으며, 안빈낙도하면서 옛 것을 좋아하였다. 이익과 봉록을 구하지 않고 오직 한가히 지내는 것을 스스로 즐겼다.】

○ 吏部啓曰 遺逸之人 曾令八道 搜訪馳啓 而慶尙清洪京畿則已到 他道啓本 尙未來 惟我小國 如有可用者 表表可知 今日書啓者 請爲先敍用 傳曰 皆除主簿 【坡州居成守琛 孝行卓異 廉潔自守 學通經史 閑居獨樂 不赴科擧 雖方古之逸民 足以無愧 草溪居李希顔 才行卓異 母喪三年 一不到家 不脫衰絰 啜粥哀毁 中宗朝除官 謝恩還鄕 足絶官門 晋州居曺植 方正廉潔 兄弟同居 不私己物 父母喪三年 身不解絰 家無甔石 不求聞達 公州居成悌元 爲人磊落軒豁 好學力行 遭母之喪 一遂禮法 三年喪畢 仍築室于墓傍 爲終身計 砥平居趙昱 才行高潔 安貧好古不求利祿 唯以閑適自樂】

≪출전≫ 『明宗實錄』 권13, 명종 7년(1552, 壬子) 7월 11일(辛卯)

03. 조식을 전생서 주부典牲署主簿에 제수하다.

조사수趙士秀를 형조 판서로, 신영申瑛을 이조 참판으로, 심통원沈通源을 호조 참판으로, 왕희걸王希傑을 의정부 사인으로, 이거李璩를 홍문관 교리로, 김규金虯를 이조 좌랑으로, 조식曺植을 전생서 주부로 삼았다.

○ 以趙士秀爲刑曹判書 申瑛爲吏曹參判 沈通源爲戶曹參判 王希傑爲議政府舍人 李璩爲弘文館校理 金虯爲吏曹佐郎 曺植爲典牲署主簿

≪출전≫ 『明宗實錄』 권13, 명종 7년(1552, 壬子) 10월 2일(辛亥)

04. 조식을 사도시 주부司䆃寺主簿에 제수하다.

이명李蓂을 한성부 판윤漢城府判尹으로, 심광언沈光彦을 이조 참판으로, 이우민李友閔을 이조 정랑으로, 기대항奇大恒을 사간원 헌납으로, 조식曺植을 사도시 주부로 삼았다.

【조식은 사람됨이 맑고 아름답고 절개가 굳건하며, 예법으로 자신을 지키며 영예와 모욕, 이익과 현달로써 마음을 움직이지 않았다. 조행操行이 탁월하여 세상에 이름이 났다.】

○ 以李蓂爲漢城府判尹 沈彦光爲吏曹參判 李友閔爲吏曹正郎 奇大恒爲司諫院獻納 曺植爲司䆃寺主簿【爲人淸修苦節 以禮法律身 不以榮辱利達動其心 操行卓異 有名於世】

≪출전≫ 『明宗實錄』 권14, 명종 8년(1553, 癸丑) 윤3월 18일(甲子)

05. 조식을 예빈시 주부禮賓寺主簿에 제수하다.

민응서閔應瑞를 병조 참판으로, 성세장成世章을 승정원 좌승지로, 남궁침南宮忱을 우승지로, 김여부金汝孚를 이조 정랑으로, 이언충李彥忠을 홍문관 수찬으로, 신여종申汝悰·윤의중尹毅中을 홍문관 부수찬으로, 조식曺植을 예빈시 주부로, 송순宋純을 선산 부사善山府使로, 이찬李澯을 용양위 호군龍驤衛護軍으로 삼았다.

○ 以閔應瑞爲兵曹參判成世章爲承政院左承旨 南宮忱爲右承旨 金汝孚爲吏曹正郎 李彥忠爲弘文館修撰 申汝悰尹毅中爲副修撰 曺植爲禮賓寺主薄 宋純爲善山府使 李澯爲龍驤衛護軍

≪출전≫ 『明宗實錄』 권14, 명종 8년(1553, 癸丑) 윤3월 26일(壬申)

06. 조식 등이 유일遺逸로서 6품직을 제수받다.

유진동柳辰仝을 한성부 우윤으로, 성제원成悌元을 군기시 주부로, 【이때 성제원·성수종成守琮[12]·조식曺植·이희안李希顔·조욱趙昱 등 다섯 사람이 모두 유일遺逸로서 6품직을 제수받았다. 성수침成守琛은 기질이 중후하고 성품과 도량이 넓고 커서, 사람들이 그의 외모만 보아도 보통 사람이 아님을 알았다. 젊어서부터 공리功利와 과거에 마음을 두지 않았다. 파평坡平의 산 밑에 집을 짓고 소요자적하면서 풍월을 읊조리며 회포를 풀었다. 만년에는 중풍에 걸렸다. 번잡하고 시끄러운 것을 싫어하여 문을 닫고 출입하지 않았는데, 그 뜻은 더욱 세상 사람들과 교유하지 않으려는 것이었다. 그가 시골에 살 때, 귀천과 노소를 막론하고 모두 그에게 공경히 복종하였다. 조식曺植은 천성이 강개하고 정직하여 세상 사람들을 따라 부화뇌동하지 않았다. 자신을 깨끗하게 하여 속인들과 말을 할 적에는 자신을 더럽힐까 염려해 뒤도 돌아보지 않고 떠나가고자 하는 마음이 있었다. 국가에서 여러 차례 불렀으나, 나아가지 않았다. 성제원成悌元은 물외의 세계를 방랑하길 좋아하여 인간 세상을 하찮게 보는 마음이 있었다. 스스로 시를 짓고 술을 마시며 취해 노래하는 것으로 흥취를 붙이는 일을 삼았다. 가슴속이 넓고 활달하여 어떤 사물도 그를 얽어맬 수 없었다. 외직에 나아가 보은현감報恩縣監이 되었을 때, 정치는 청렴하고 간결함을 숭상하고, 교화敎化를 급선무로 삼아 태평하게 다스리는 솜씨가 제일이었다고 한다.】 채세영蔡世英을 전라도 관찰사로 삼았다.

○ 以柳辰仝爲漢城府右尹 成悌元爲軍器寺主簿【時 成悌元・成守琮・曺植・李希顔・趙昱五人 皆以遺逸 拜六品官 守琛爲人 氣質厚重 性度寬偉 人見其貌 知其非常人 自少不以功利科擧爲心 築室坡平山下 逍遙自適 吟詠風月 以遣其懷 晩歲患風疾 厭煩聒 閉一室不出 其志尤不欲與世人交遊也 其居鄕村也 人無貴賤少長 咸敬服之 植天性慷慨正直 不與世俯仰 皎皎自潔 其與俗人言 有望望然去之之意 累徵不起 悌元爲人 放浪物外 有睥睨人世之意 自以詩酒酣歌爲寓興之物 胸中曠達 一物不能累 出爲報恩縣監 政尚淸簡 以敎化爲先 治平爲第一云】蔡世英爲全羅道觀察使

≪출전≫『明宗實錄』권14, 명종 8년(1553, 癸丑) 5월 6일(辛亥)

07. 조식을 단성현감丹城縣監으로 삼다.

남치근南致勤을 전라도 병마절도사로, 조식曺植을 단성현감丹城縣監으로 삼았다.

○ 以南致勤爲全羅道兵馬節度使 曺植爲丹城縣監

≪출전≫『明宗實錄』권19, 명종 10년(1555, 乙卯) 10월 11일(壬申)

08. 단성현감 조식이 상소하다.

새로 제수된 단성현감丹城縣監 조식曺植이 상소하기를,

"삼가 생각컨대, 선왕先王께서 신의 변변치 못함을 모르시고서 처음 참봉에 제수하셨습니다. 그리고 전하께서 왕위에 오르신 뒤, 신을 주부에 제수한 것이 두 번이나 되었습니다. 그런데 지금 또 현감에 제수하시니, 마치 산을 짊어진 것처럼 벌벌 떨면서 위태로워하며 두려워하고 있습니다.

그런데도 오히려 한번 대궐에 나아가서 임금님의 은혜에 사은숙배하지 못하는 것은, '임금이 인재를 취하는 것은 목수가 깊은 산과 큰 늪지대를 두루 살펴 재목이 될 만한 나무를 빠뜨리지 않고 다 취해서 큰집 짓는 일을 완성하는 것과 같은데, 도목수가 재목을 구해야지 나무가 스스로 참여할 수는 없다.'고 생각하기 때문입니다. 전하께서 인재를 취하는 것은 나라를 가진 책임 때문입니다. 신이 벼슬길에 나아가지 않고 염려를 하는 것은 감히 그 큰 은혜를 사사로이 할 수 없기 때문입니다. 그러나 머뭇거리며 나아가기 어려워하는 뜻을 어진 이를 대우하는 자리 밑에 있는 사람에게 감히 진달하지 않을 수 없습니다.

신이 나아가기 어렵게 여기는 뜻에는 두 가지 이유가 있습니다. 지금 신의 나이가 60세에 가까우나 학술은 거칠고 어두우며, 문장은 병과 급제자의 대열에도 뽑히기 부족하고, 행실은 집안 청소하는 일을 맡기에도 부족합니다. 과거시험에 응시한지 10여 년 동안 세 번이나 낙방하고 물러났으니, 애초 과거공부를 일삼지 않은 사람은 아닙니다. 설령 과거공부를 달갑게 여기지 않는 사람이라 하더라도 성질이 조급하고 좁은 평범한 사람에 불과할 뿐, 크게 국가를 위해 일할 수 있는 온전한 재주를 가진 사람이 아닙니다. 더구나 사람이 선을 행하느냐 악을 행하느냐 하는 것은 결코 과거에 응하느냐 응하지 않느냐에 달려있는 것이 아닌 데 있어서이겠습니까?

미천한 신이 이름을 훔쳐 해당 관원에게 잘못 알려졌고, 해당 관원은 신의 헛된 명성을 듣고서 전하를 그르친 것입니다. 전하께서는 과연 신을 어떤 사람이라고 여기십니까? 도가 있다고 여기십니까? 문장에 능하다고 여기십니까? 문장에 능한 자라고 해서 반드시 도를 가지고 있는 것이 아닙니다. 도가 있는 자는 반드시 신과 같지는 않을 것입니다. 전하께서만 신을 모르신 것이 아니라, 재상도 신을 능히 모른 것입니다. 그 사람됨을 알지 못하고 기용하였다가 훗날 국가의 수치가 된다면, 그 죄가 어찌 미천한 신에게만 있겠습니까? 헛된 이름을 바치고 몸을 파는 것이 어찌 곡식을 바치고 벼슬을 사는 것만 하겠습니까? 신은 차라리 제 한 몸을 저버릴지언정, 차마 전하를 저버리지 못하겠습니다. 이것이 신이 나아가기를 어려워하는 첫 번째 이유입니다.

또한 전하의 나랏일이 이미 잘못되어 나라의 근본이 이미 망했고, 하늘의 마음이 이미 떠나갔으며, 인심도 이미 떠나버렸습니다. 비유하자면, 이 나라는 벌레가 백 년 동안 속을 갉아먹어 수액이 이미 고갈된 된 큰 나무와 같습니다. 그런데 사람들은 회오리바람과 사나운 비가 언제 닥칠 지를 까마득히 잊고 지낸 지 오래되었습니다. 조정에 있는 신하들 중에 충성스럽고 의로운 선비와 아침 일찍부터 밤 늦게까지 부지런히 일하는 충량한 신하가 없는 것은 아닙니다. 그러나 이들도 그 형세가 극에 달해 어떻게 해 볼 수 없으며, 사방을 돌아보아도 손을 쓸 곳이 없다는 것을 이미 알고 있습니다.

그런데 낮은 벼슬아치들은 아랫자리에서 히히덕거리면서 술과 여색이나 즐기고 있으며, 높은 벼슬아치들은 윗자리에서 그럭저럭 세월이나 보내면서 재물만을 불리고 있습니다.【이 말은 당시의 병통을 바로 지적한 것이다. 오늘날 공도는 쓸어버린 듯이 없어지고 사문私門이 크게 열려, 떼지어 다니는 자들은 공사를 받들어 행할 생각은 하지 않고 오직 자신의 이익만을 일삼고 있다. 하는 일 없이 빈둥빈둥 세월을 보내면서 나랏일이 어떻게 되어 가는지를 모르고 있으니, 어찌 비통한 마음을 금할 수 있겠는가. 조식曺植은 초야의 일사逸士로서 한 시대의 고명高名을 짊어진 사람이다. 그는 임금의 부름을 받고 벼슬길에 나가더라도 어찌 해 볼 수 없다는 것을 스스로 알고 있었다. 그러므로 상소를 올려 진언하면서 당시의 폐단을 절실하게 비판하였으니, 또한 강직하지 않은가?】 물고기의 배가 썩어가는데 아무도 치유하려 하지 않고 있습니다.

또한 내직에 있는 신하들은 용이 연못으로 생물을 끌어들이듯 후원세력을 심고, 【이것은 이리와 승냥이 같은 무리들이 정권을 잡고 있다는 뜻인데, 그 말과 뜻이 은미하고도 심장하다.】 외직에 있는 신하들은 이리가 들판에서 날뛰듯 백성을 수탈하고 있습니다. 이들은 또한 가죽이 다 떨어지면 털도 붙어 있을 데가 없다는 사실을 모르고 있습니다. 신은 이 때문에 오래도록 생각에 잠기고 길이 탄식을 하면서 낮에는 하늘을 우러러 본 것이 한두 번이 아니며, 크게 한탄하며 아픈 마음을 억누르고 밤에는 천정을 쳐다본 지가 오래되었습니다.

자전慈殿13) 께서는 생각이 깊으시기는 하지만 깊숙한 궁중에 사시는 한 과부에 지나지 않으시고, 전하께서는 아직 어리시니 단지 선왕께서 남기신 한 외로운 아드님에 지나지 않으십니다. 그러니 천 가지 백 가지 천재天災와 억만 갈래로 나뉘어진 인심人心을 무엇으로 감당해 내며, 무엇으로 수습하겠습니까?

냇물이 마르고 【낙동강 상류가 끊긴 것을 말하는데, 갑인년(1554) 겨울에 이런 변고가 있었다.】 곡식이 하늘에서 내렸으니 【근래 몇 년 동안 이런 재변이 있었다.】 그 징조가 무엇을 뜻하는 것이겠습니까? 음악 소리가 슬프고 사람들이 흰옷을 즐겨 입으니 【당시의 음악 소리에 애절한 것이 많았고, 민간의 복색服色에 흰색을 숭상한 것을 말한다.】 소리와 형상에서 이미 그 조짐이 드러난 것입니다. 이러한 시기를 당해서는 비록 주공周公·소공召公의 재주를 겸한 자가 정승 자리에 있다 하더라도 어떻게 해 볼 수 없을 것입니다.

그런데 하물며 지푸라기 같은 미천한 신의 재주로 어떻게 이를 감당하겠습니까? 위로는 위태로움을 만에 하나도 지탱하지 못할 것이고, 아래로는 백성을 털끝만큼도 보호하지 못할 것이니, 전하의 신하되기가 또한 어렵지 않겠습니까? 보잘 것 없는 명성을 팔아 전하의 벼슬을 사고, 그 녹봉을 타 먹고살면서 제 할 일을 하지 못한다면, 그것은 또한 신이 원하는 바가 아닙니다. 이 점이 신이 나아가기를 어려워하는 두 번째 이유입니다.

또한 신이 보건대, 근래 변방에 왜적의 변란이 있어서 여러 관료들이 제때에 밥을 먹지 못할 정도로 분주합니다. 신은 이 소식을 듣고 스스로 놀라지 않았습니다. 그것은 이 사변이 20년 전에 일어났을 것인데, 전하의 신묘한 위엄에 힘입어 이제 비로소 터진 것이지, 하루 저녁에 생긴 변고가 아니라고 일찍이 생각했기 때문입니다.

평소 조정에서는 재물을 받고 관리를 등용해 왔습니다. 그래서 재물을 모으기는 하였으나, 백성은 흩어지게 하였습니다. 그리하여 끝내 장수 중에는 적합한 인물이 없고, 성城에는 군졸이 없게 되었습니다. 왜적이 무인지경으로 들어오듯 침입하였으니, 어찌 그것이 괴이한 일이겠습니까? 이번에도 대마도對馬島의 왜놈들이 일본 본토의 왜적들과 몰래 결탁하여 향도가 되어서, 만고에 전해질 치욕스런 왜변을 일으킨 것입니다. 그런데 왕의 신령스런 위엄이 떨치지 못해서, 우리 군사가 머리를 조아리듯이 순순히 적에게 성을 내주고 말았습니다. 이 어찌 옛 신하를 대우하는 것은 주周나라 때 법[14]보다 엄격하면서 【아마도 남쪽 지방으로 왜적을 물리치러 나갔던 장수와 군사들에게 형벌을 내린 것을 지목한 듯하다.】 왜적을 포용하는 은덕은 도리어 망한 송宋나라[15] 때보다 더한 것이 아니겠습니까? 세종대왕께서 남쪽 지방을 정벌하시고, 성종대왕께서 북쪽 지방을 정벌하신 일로 보면, 어찌 오늘날의 일과 같은 점이 있었습니까?

그러나 이와 같은 점은 피부에 생긴 병에 지나지 않으니, 마음과 뱃속에 생긴 병통에는 비할 바가 못됩니다. 마음과 뱃속의 병통은 걸리거나 막혀서 위아래가 통하지 못하는 것입니다. 이것이 바로 공경대부들은 목이 마르고 입술이 타도록 분주하게 주선하지만, 백성들은 수레를 타거나 뛰어서 달아나기만 한다는 상황인 것입니다. 임금을 호위하는 근왕병勤王兵을 불러모으고 나랏일을 정돈하는 것은, 구구한 정사와 형벌에 달려있는 것이 아니라, 오직 전하의 한 마음에 달려있을 뿐입니다. 말이 땀을 흘리듯 마음속으로 노심초사하여 만 마리의 소가 밭을 가는 넓은 땅 만큼이나 큰공을 세우는 것도, 그 기틀은 자신에게 달려있을 따름입니다.

신은 전하께서 종사하시는 것이 무슨 일인지 모릅니다. 학문을 좋아하십니까? 음악과 여색을 좋아하십니까? 활쏘기와 말달리기를 좋아하십니까? 군자를 좋아하십니까? 소인을 좋아하십니까? 좋아하시는 바에 따라 존하느냐 망하느냐가 달려있습니다.

진실로 어느 날 화들짝 놀라 깨닫고서 분발해 학문에 힘을 써서 문득 명덕을 밝히고[明明德] 백성을 새롭게 교화시키는[新民] 이치에 대해 터득함이 있으면, 명덕을 밝히고 백성을 새롭게 교화시키는 이치 속에 온갖 선이 갖추어져서 온갖 덕화德化가 이로부터 나오게 될 것입니다. 그리하여 이를 가지고 조처하면, 나라를 균평하게 다스릴 수 있고, 백성을 화합하게 할 수 있으며, 위태로운 상황도 안정시킬 수 있을 것입니다. 이로써 자신을 단속하고 심성을 보존하면, 텅 빈 거울이 만물을 비추듯, 저울이 물건을 공평하게 달듯, 마음에 사특한 생각이 없어질 것입니다.

불교에서 말하는 '진정眞定'이란 것도 이 마음을 보존하는 것일 뿐입니다. 위로 천리天理를 통달하는 데 이르면, 유교와 불교가 한 가지입니다.【조식의 이 말은 잘못이다. 불교의 학설에 어찌 위로 천리를 통달하는 것이 있겠는가.】 다만 불교는 인사人事에서 시행할 경우, 실제의 땅을 밟을 다리가 없기 때문에 우리 유가儒家에서 그것을 배우지 않는 것입니다. 전하께서는 이미 불도佛道를 좋아하십니다. 만약 불도를 좋아하는 마음을 학문을 좋아하는 데로 옮기신다면, 그것이 바로 우리 유가의 일이 될 것입니다. 그렇게 되면 어린아이가 부모를 잃어버렸다가 자기 집으로 돌아와 부모·친척·형제·친구를 다시 만난 것과 어찌 같지 않겠습니까?

더구나 정치를 하는 것은 사람에게 달려있으니, 임금이 사람을 쓸 적에는 자신의 몸으로써 해야 하고, 자신의 몸을 닦을 적에는 도로써 해야 하는 것입니다.16) 전하께서 사람을 취하실 적에 자신의 몸으로써 하신다면, 임금을 보필하는 신하 가운데 사직을 보위하지 못할 사람이 없을 것입니다. 나랏일에 어두운 신처럼 미천한 자가 무슨 소용이 있겠습니까? 만약 사람을 취할 적에 몸으로써 하지 않으시고 눈으로만 하신다면, 잠자리[衽席]에서 모시는 사람 외에는 모두 전하를 속이고 저버리는 무리들일 것입니다. 그렇게 된다면 앞뒤가 꽉 막혀 고집스러운 소신 같은 자가 또한 무슨 소용이 있겠습니까?

뒷날 전하께서 왕도정치를 하는 경지로 교화를 이룩하시면, 신은 마부들의 말석에서나마 채찍을 잡고 마음과 힘을 다하여 신하의 직분을 다할 것입니다. 그러니 임금을 섬길 날이 어찌 없겠습니까? 삼가 바라건대, 전하께서는 반드시 정심正心으로 백성을 새롭게 변화시키는[新民] 요체를 삼으시고, 수신修身으로 사람을 취하는 근본을 삼으셔서, 나라를 다스리는 표준을 세우십시오. 그 표준이 표준답지 않으면 나라는 나라의 구실을 하지 못할 것입니다. 삼가 바라건대, 밝게 헤아려주소서."

라고 하였다.

[사신은 논한다] 조식은 유일遺逸의 선비로서 시골에 살고 있다. 비록 벼슬이나 녹봉을 뜬구름처럼 보는 인물이지만, 오히려 임금을 잊지 않고 있다. 충심으로 나라를 걱정하는 마음이 언사言辭에 드러났는데, 절실하고 강직한 성품을 숨기지 않았으니, 명성을 헛되이 얻은 사람이 아니라고 할 만하다. 조식은 어진 사람이로구나.

[사신은 논한다] 세상이 쇠미해지고 도가 희미해져서 염치가 다 없어지고 기개와 절개가 땅을 쓸어버린 듯이 사라졌다. '유일遺逸'로 알려져서 공명功名을 탐하는 자들이 참으로 많다. 그런데 어질구나, 조식이여! 수신을 한 깨끗한 몸가짐으로 초야에서 빛을 숨기고 사는 사람이다. 그러나 난초와 같은 향기가 저절로 알려져 그 명망이 조정에까지 진달되었다. 이미 참봉에 차임된 것이 두 번, 주부에 제수된 것이 세 번이나 되는데, 모두 머리를 저으며 나오지 않았다. 지금 단성현감에 제수한 것은 영광스러운 일이라고 할 만하고, 특별히 제수한 은혜는 드문 일이라고 할 만하다. 그런데도 안빈낙도의 삶을 스스로 즐기면서 끝내 벼슬길에 나아가려 하지 않았으니, 그 뜻을 높이 살 만하다. 그러면서도 세상사를 잊는 데 과감하지 못하여 상소를 올려 의리를 항쟁하고, 시폐를 극렬하게 논하였다. 그 말은 간절하고 그

의리가 강직했으며, 시대를 걱정하고 변란을 근심했다. 그리하여 명덕을 밝히고 백성을 새롭게 하는 곳으로 우리 임금을 인도하려 하였으며, 왕도정치를 하는 경지로 풍화를 이룩하길 바랐으니, 그의 나라를 걱정하는 정성이 지극하다. 아, 마침내 뜻한 바를 대궐에 진달하였지만 은거하던 시골에서 일생을 마쳤으니, 그 마음은 충성스럽고 그 절개는 고상하구나. 오늘날과 같은 때에 이와 같이 담담한 마음으로 물러나 있는 선비가 있는데, 그를 높여 포상하거나 등용하지는 않고, 도리어 공손하지 못하고 공경스럽지 못하다고 그를 책망하였다. 그러니 세도가 날로 땅에 떨어지고 명분과 기절氣節이 땅에 떨어지는 것이 당연하다. 나라가 위태로워지고 망할 조짐이 벌써 나타났나 보다.

라고 하였다. 조식의 상소가 대전에 들어가자, 임금이 승정원에 전교하기를,

> "지금 조식의 상소를 보니, 비록 간절하고 강직한 듯하기는 하나, 자전慈殿에 대해 공손하지 못한 말이 있다. 이 자는 임금과 신하 사이의 의리를 모르는 듯하니, 지극히 한심한 일이다. 승정원에서 이와 같은 상소를 보았으면, 신하된 자의 마음으로는 통분해 하며 그 자에게 죄를 주자고 청했어야 마땅한 일이다. 그런데 평안한 마음으로 펼쳐 보고 한 마디 말도 아뢰지 않았으니, 더욱 한심한 일이다. 이런 자를 임금과 신하 사이의 명분을 아는 사람이라고 하여 천거했단 말인가? 임금이 아무리 어질지 못하더라도 신하로서 어찌 차마 모욕하는 말을 할 수 있단 말인가? 이것이 현인 군자가 임금을 사랑하고 윗사람을 공경하는 일이란 말인가? 곡식을 바치게 하면서 벼슬에 임명하는 것이

아름다운 일은 아니지만, 옛날에도 그런 일이 있었다. 이는 반드시 백성의 목숨을 귀중하게 여기기 때문에 하는 것이다. 요즈음 고매한 명성만을 숭상할 뿐, 수많은 백성들이 굶어 죽어 구렁텅이에 나뒹구는 것을 가만히 앉아서 보기만 하면서 구원하지 않아서야 되겠는가?

또한 그는 나를 부처를 좋아하는 사람이라고 하였는데, 내가 학식이 밝지 못해 명덕을 밝히고 백성을 새롭게 하는 공부를 잘 하지는 못하지만, 어찌 불교를 좋아하고 숭상하는 데에 이르렀겠는가? 비록 그렇지만 이와 같은 말들은 오히려 가상히 여겨 받아들일 수 있다. 그러나 공손하지 못한 말이 자전에게까지 미치는 것은 매우 통탄하고 분개할 일이다. 임금에게 공경하지 않은 죄를 다스리고 싶지만, '유일의 선비[逸士]'라는 이름이 있기에 짐짓 내버려두고 그 죄를 묻지 않겠다. 이조吏曹로 하여금 속히 그 관직을 바꾸어 차임하도록 하라. 나의 부덕否德을 헤아리지 못하고 작은 고을에 대현大賢을 굽히게 하려 하였으니, 【이 말은 참으로 왕으로서 할 말이 아니다. 옛날의 제왕에 비교하면 참으로 부끄러운 점이 있다.】 이는 내가 영민하지 못한 탓이다. 승정원에서는 이를 알라."

라고 하였다. 그리고 또 전교하기를,

"상소의 내용 중에 '자전께서는 생각이 깊으시기는 하지만 깊숙한 궁중에 사시는 한 과부에 지나지 않으시고'라고 하였는데, 이것이 바로 공손하지 못한 말이다. 또 '전하의 신하 되기가 또한 어렵지 않겠습니까?'라고 하였는데, 이것도 공손하지 못한 말이다. 그리고 '음악 소리가 슬프고 사람들이 흰옷을 즐겨 입으니 소리와 형상에서 이미 그 조짐이 드러난 것입니다.'라고 하였는데, 이것이 바로 불길한 말이다."

라고 하였다.

[사신은 논한다] 조식의 상소에 대해 임금은 답하지 않았을 뿐만 아니라, 도리어 엄중한 말로 승정원에서 그에게 죄줄 것을 청하지 않았다고 책망하였다. 언로言路의 막힘이 이로부터 더욱 심해지고, 성덕盛德의 허물이 이로 말미암아 더욱 커질 것이다. 온 나라의 선비들이 임금의 좋아하고 싫어하는 바가 무엇인지를 알아서 아첨이나 하고 명에 순종이나 하는 데로 나아가게 될 것이다. 뒷날 나라가 위태롭고 망할 재앙이 닥치더라도 누가 기꺼이 그것을 말하려 하겠는가? 임금의 말이 한 번 나오면 사방에 전해지니, 그 기미의 관계된 바가 어찌 중대하지 않겠는가? 그런데 전교가 이와 같으니, 이는 바로 온 나라 사람들의 입을 막아서 감히 말을 하지 못하도록 한 것이다. 애석하구나.

[사신은 논한다] 조식은 오늘날 유일遺逸 중에서 가장 어진 사람이다. 재주가 높고 행실이 깨끗하며, 또 학식도 있다. 초야에서 궁핍하게 살았으나 영화와 이익을 생각하지 않았다. 조정에서 여러 차례 불렀으나 나오지 않고, 자신의 지향을 고상하게 하였다. 영광스럽게 수령에 제수되었으나 부임하지 않았다. 그리고 오히려 나라를 근심하는 마음을 품고 꼿꼿하게 상소를 올려 직언을 해서 시폐를 바로 지적했다. 그러니 이 사람이 어찌 임금과 신하 사이의 의리를 모르는 사람이겠는가? '자전은 깊숙한 궁궐에 사는 한 과부에 지나지 않는다'라는 말은, 조식이 새로 지

어낸 것이 아니다. 선현의 말을 인용하여 글을 지은 것이니, 이것이 어찌 공손하지 못한 말이겠는가? 포상하여 장려하는 일을 하지 않고 견책하기를 매우 엄히 하였으니, 이는 임금을 보필하고 인도하는 사람 중에 적임자가 없어서 임금의 학문이 넓지 못해 그리 된 것이다. 정승의 자리에 있는 자도 그 잘못을 바로잡아 해결하지 못함으로써 조식처럼 현명한 사람이 초야에 버려져 등용되지 못하였다. 임금에게 진언하는 길이 막히고, 어진 이를 불러들이는 일이 폐지되었으며, 지치至治를 이룩하려는 도가 없어졌다. 그러니 세도가 야박해지는 것이 어찌 괴이하겠는가?

승지 백인영白仁英·신희복愼希復·윤옥尹玉·박영준朴永俊·심수경沈守慶·오상吳祥이 아뢰기를,

> "신들이 조식의 상소를 보고서, 또한 미안한 말이 있는 것을 알았습니다. 그러나 본 도의 감사가 접수하여 올려보낸 상소였기에 승정원에서는 입계入啓하지 않을 수 없었습니다.【승지는 왕의 후설喉舌[17]에 해당하는 자리에 있으면서 왕명을 출납하는 책임을 맡는다. 그런데 감히 그 책임을 감사에게 돌리며 '입계하지 않을 수 없었다'고 스스로 진술하였으니, 이것이 참으로 유윤惟允[18]의 뜻인가? 여론이 격렬하게 일어나는 것이 당연하다.】다만 입계할 때 미안한 말이 있다는 뜻을 함께 아뢰었어야 했는데, 신들이 망령되게 '이는 초야에 사는 사람이 글을 지을 적에 말이 공손하지 못하다는 것을 깨닫지 못하여 이와 같이 거칠고 망령된 말【조식의 말을 과연 거칠고 망령된 말이라고 할 수 있을까? 승정원의 이런 말은 임금의 명을 그대로 따르기만 한다는 죄를 면치 못할 것이다.】을 한 것이니, 참으로 따질 것

도 못된다'고 생각했습니다. 그러므로 그 점에 대해 아뢰지 않았던 것입니다. 지금 전교를 받고 보니 황공한 마음을 금할 수 없어 대죄待罪합니다."

라고 하였다. 그러자 임금이 전교하기를,

"대죄하지 말라. 감사가 그런 말을 보았으면 미안한 말이 있다는 의사를 갖추어 치계했어야 마땅하다. 비록 치계하지 않더라도 잘못을 바로잡아 책망하며 물리쳤어야 옳다. 그런데 그렇게 하지 않았으니, 감사부터 신하로서의 체모를 크게 상실한 것이다."

라고 하였다.

사신은 논한다 무릇 상소의 내용이 절실하고 강직한 경우, 감사가 잘못을 바로잡아 책망하며 물리친다면, 이는 사람들로 하여금 임금의 잘못을 감히 말하지 못하게 하여 마침내 임금의 총명을 가리는 재앙이 있어날 것이다. 대저 신하가 임금을 섬길 적에는 임금의 명령은 따르지 않더라도 임금의 의중은 따르기 마련인데, 하물며 정령政令에 반포하여 자기를 따르게 하는 데 있어서이겠는가? 신하로서의 체모를 크게 상실했다고 책망하였으니, 임금이 뜻하는 바를 누가 감히 어기겠는가? 아! 이는 임금의 성대한 덕에 큰 허물이 될 뿐만 아니라, 실로 치란治亂과 흥망興亡에 관계되는 것이다. 그러니 어찌 길이 탄식하지 않을 수 있겠는가?

○ 庚戌 新授丹城縣監曺植上疏曰 伏念 先王不知臣之無似 始除爲參奉 及殿下嗣服 除爲主簿者再 今者 又除爲縣監 慄慄危懼 如負丘山 猶不敢一就黃琮一尺地 以謝天日之恩者 以爲人主之取人 猶匠之取木 深山大澤 靡有遺材 以成太廈之功 大匠取之 而木自不與焉 殿下之取人者 有土之責也 臣不任爲慮 用是不敢私其大恩 而躑躅難進之意 則終不敢不達於側席之下矣 抑臣難進之義 則有二焉 今臣年近六十 學術踈昧 文不足以取丙科之列 行不足以備灑掃之任 求擧十餘年 至於三刖而退 初非不事科擧之人也 就使人有不屑科目之爲者 亦不過悻悻一段之凡民 非大有爲之全材也 況爲人之善惡 決不在於求擧與不求擧也 微臣盜名而謬執事 執事聞名而誤殿下 殿下果以臣爲何如人耶 以爲有道乎 以爲能文乎 能文者 未必有道 有道者 未必如臣 非但殿下不知 宰相亦不能知也 不知其人而用之 爲他日國家之恥 則何但罪在於微臣乎 與其納虛名而賣身 孰若納實穀而買官乎 臣寧負一身 不忍負殿下 此所以難進者 一也

抑殿下之國事已非 邦本已亡 天意已去 人心已離 比如大木百年蟲心 膏液已枯 茫不知飄風暴雨 何時而至者久矣 在廷之臣 非無忠義之士 夙夜之良也 已知其勢極而不可及 四顧無下手之地 小官嬉嬉於下 姑酒色是樂 大官泛泛於上 唯貨賂是殖【此言正中當時之病 今者 公道掃地 私門大開 逐隊隨行者 不以奉公爲念 唯以利己爲事 悠悠度日 謾不知國事之爲何如 可勝痛哉 植以草野之逸士 負一時之高名 自知雖就徵 而不能有所爲 故陳疏進言 譏切時弊 不亦讜乎】河魚腹痛 莫肯尸之 而且內臣樹援

龍挈于淵【此豺豺當道之意 其辭旨微且深矣】外臣剝民 狼恣于野 亦不知皮盡而毛無所施也 臣所以長想永息 晝而仰觀天者數矣 噓唏掩抑 夜以仰看屋者 久矣 慈殿塞淵 不過深宮之一寡婦 殿下幼沖 只是先王之一孤嗣 天災之百千 人心之億萬 何以當之 何以收之耶 川渴【謂洛東江上流絶也 甲寅冬 有此變】雨粟【近數年 有此異】其兆伊何 音哀服素【蓋謂當時樂聲多哀 服色尙素也】聲像已著 當此之時 雖才兼周召 位居鈞軸 亦未如之何矣 況一微臣材如草芥者乎 上不能持危於萬一 下不能庇民於絲毫 爲殿下之臣 不亦難乎 若賣斗筲之名 而賭殿下之爵食其食而不爲其事 則亦非臣之所願也 此所以難進者 二也

且臣見近日邊鄙有事 諸大夫旰食 臣則不自爲駭者 嘗以爲此事發在二十年之前 而賴殿下神武 於今始發 非出於一夕之故也 平日朝廷 以貨而用人 聚財而散民 畢竟將無其人 而城無軍卒 賊入無人之境 豈是怪事耶 此亦對馬倭陰結向導 作爲萬古無窮之辱 而王靈不振 若崩厥角 是何待舊臣之義 或嚴於周典【疑或指南征將士之受刑者】而寵寇賊之恩 反加於亡宋耶 視以世宗之南征 成廟之北伐 則孰與今日之事乎 然若此者 不過爲膚革之疾 未足爲心腹之痛也 心腹之痛 痞結衝塞 上下不通 此乃是卿大夫乾喉燋唇 而車馳人走者也 號召勤王 整頓國事 非在於區區之政刑 唯在於殿下之一心 汗馬於方寸之間 而收功於萬牛之地 其機在我而已 獨不知殿下之所從事者 何事也 好學問乎 好聲色乎 好弓馬乎 好君子乎 好小人乎 所好在是 而存亡繫焉 苟能一日惕然驚悟 奮然致力於學問之上 忽然有得於明新之內 則明新

之內 萬善具在 百化由出 擧而措之 國可使均也 民可使化也 危可使安也 約而存之 鑑無不空 衡無不平 思無邪焉 佛氏所謂眞定者 只是存此心而已 其爲上達天理 則儒釋一也【植之此言誤矣 佛氏之學 豈有上達天理者】但施之人事者 無脚踏地 故吾家不學之矣 殿下旣好佛矣 若移之於好學 則此是吾家事也 豈非弱喪而得其家 得見父母親戚兄弟故舊者乎 況爲政在人 取人以身 修身以道 殿下若取人以身 則帷幄之內 無非社稷之衛也 容何有余昧昧之微臣乎 若取人以目 則衽席之外 盡是欺負之徒也 亦何有余硜硜之小臣乎 他日 殿下致化於王道之域 則臣當執鞭於廝儓之末 竭其心膂 以盡臣職 寧無事君之日乎 伏願殿下 必以正心爲新民之主 修身爲取人之本 而建其有極 極不極 則國不國矣 伏惟睿察

史臣曰 植以逸士而在畝畎 雖視爵祿如浮雲 而猶不忘君 惓惓有憂國之心 發於言辭 切直不避 可謂名不虛得者矣 其賢矣哉

史臣曰 世衰矣 道微矣 廉恥頓喪 氣節掃如 托名遺逸 擬睹功名者 固多其人矣 賢哉 植也 持身修潔 韜光草野 蘭香自聞 名達朝廷 旣差參奉 又除主簿者 至再至三 旣皆掉頭 而且今五馬之職 可謂榮矣 特授之恩 可謂稀矣 而安貧自樂 終不肯就 其志可尙也 然非果於忘世 陳疏抗義 極論時弊 辭懇義直 傷時憂亂 欲納吾君於明新之地 冀致風化於王道之域 其憂國之誠至矣 嗚呼 畢達所志於紫宸之上 而以終天年於衡門之下 其心則忠 而其節則高矣 當今之時 有如此恬退之士 而不之尊尙褒用 而反責之以不恭不敬 宜乎世道之日卑 而名節之板蕩矣 危亡之漸 蓋已成矣

疏入 傳于政院曰 今觀曺植之疏 雖似切直 有不恭之辭於慈殿 似不識君臣之義 至爲寒心 政院見如此之疏 於臣子之心 所當痛憤請罪 而安心披見 無一言啓之 尤爲寒心 此人可謂知君臣名分而擧薦乎 君雖不賢 以臣子 豈忍發辱言哉 是乃賢人君子愛君敬上之事乎 納粟補官 雖非美事 古亦有之 必重民命也 今者徒尙高名 坐視百萬生靈 盡塡溝壑 而莫之救乎 且以予爲好佛 予學識不明 縱不能爲明新之功夫 豈至於好尙佛敎哉 雖然 如此等語 猶可嘉納 不恭之言 涉於慈殿 極爲痛憤 欲治不敬君上之罪 而名之曰逸士 故置而不問 其令吏曹 速爲改差 不量予之否德 欲屈大賢於小縣【斯言固非王者所可道之言也 比之於古之帝王 則誠有所愧矣】是予不敏之過 政院知悉 仍傳曰 疏辭以爲慈殿塞淵不過深宮之一寡婦 此乃不恭之言也 爲殿下之臣不亦難乎 此亦不恭之言 音哀服素聲像已著 此乃不吉之言也

史臣曰 曺植之疏 非但不爲答之 反下嚴辭 以責政院之不請罪 言路之塞 自此尤甚 而盛德之累 由玆益大 一國之士 知好惡之所在 而將爲諂諛承順之歸 他日雖有危亡之禍 而誰肯言之哉 王言一出 四方傳之 機關豈不重且大乎 傳敎如是 是乃杜一國之口 而使之莫敢言也 惜哉

史臣曰 植 方今遺逸之最賢者也 才高行潔 又有學識 窮居草野 不慕榮利 累徵不就 高尙其志 雖不赴五馬之榮 而猶懷憂國之心 抗疏直語 正中時弊 則是豈不識君臣之義者乎 以慈殿爲深宮之一寡婦之語 非植之造作 乃用先賢之言而措辭 則是豈不恭之語乎 褒奬不擧 而譴責甚嚴 是由輔導之無其人 而學問之不博

而然也 在台鼎之任者 又不能匡救而解釋之 有賢如植 虛棄草澤而莫用焉 進言之路塞矣 招賢之事廢矣 致治之道滅矣 世道之澆薄 何足怪哉 承旨白仁英・愼希復・尹玉・朴永俊・沈守慶・吳祥啓曰 臣等見曺植之疏 亦知有未安之辭 而其道監司旣受而上送 院則不得已入啓【承旨居喉舌之地 任出納之責 而乃敢歸於監司 自陳其不得已入啓云 是固惟允之義耶 物論之激發宜矣】但入啓時 當竝達未安之意 而臣等妄料此乃草野之人 必是措辭之際 不覺涉於不恭 如此狂妄之言【植之言 果可謂狂妄乎 此不免承順之罪矣】固不足數 故不爲啓之 今承傳敎 不勝惶恐待罪 傳曰 勿待罪 監司若見之 則未安之意 當具由馳啓 雖不馳啓 糾正責退 可也 而自監司 大失臣子之體也

史臣曰 凡疏辭之切直者 若監司糾正責退之 則是使人不敢言君上之過失 而終有壅蔽之禍矣 大抵 人臣之事君 不從其令而從其意 況布之於政令而使從之乎 責以大失臣子之體 則上意所在 誰敢有違乎 噫 此非但爲盛德之大累 實治亂興亡之所關 豈不慨然長歎乎

≪출전≫『明宗實錄』권19, 명종 10년(1555, 乙卯) 11월 19일(庚戌)

09. 조식의 상소에 대한 조정의 논의.

임금이 조계朝啓[19]를 청리聽理[20]하였다. 시강관 정종영鄭宗榮이 아뢰기를,

"전하께서 조식의 상소를 보시고서 전교하신 말씀이 있습니다. 신들은 그 상소를 보지 못하여 그 말이 어떤지를 모르겠습니다. 만약 말이 자전慈殿께 미쳤다면 죄를 다스린다 할지라도 가할 것입니다. 그러나 이 사람은 유일遺逸의 선비로서 성품이 거칠고 촌스러운데다 예모를 알지 못해 그런 말을 한 것입니다. 옛날의 제왕은 초야에 물러나 숨어사는 선비와 갑옷을 입은 무사를 대우하는 것이 특이하였습니다. 대개 거칠고 촌스러운 태도를 책망하지 않고, 그가 벼슬을 버리고 편안히 물러나 있는 뜻을 귀하게 여긴 것입니다. 그렇게 한 뒤에야 옛날 제왕이 편안히 물러나 사는 맑은 지절志節을 가진 선비를 숭상한 것과 같을 것입니다.

지난번 이희안李希顔【초계草溪 사람으로 성품과 행실이 단아하고 무게가 있고 공손하고 삼갔다. 유일의 선비로서 명망이 한 시대에 높았다. 임금이 그를 불러 고령현감高靈縣監으로 삼았는데, 부임한 지 3년 만에 벼슬을 버리고 집으로 돌아갔다.】이 벼슬을 버리고 떠나자, 전하께서 잡아다 추국推鞫하려 하시다가 그만두셨습니다. 조식과 이희안은 똑같은 사람입니다. 이미 이희안을 잡아다 추국하려 하시고, 또 조식의 상소를 책망하셨습니다. 지방의 선비들은 그 상소의 말이 공손치 못한 것을 모르고, 전하께서 선비를 대우하는 도리가 옛날의 제왕과 같지 않다

고 여길 것입니다. 그렇게 되면 선비의 기상이 꺾일 것입니다."

라고 하였다.

사신은 논한다 이희안은 한 시대 유일의 선비이다. 닭을 잡는 데 소를 잡을 칼 솜씨를 시험하였으니, 그는 자신의 뜻을 행할 수 없어 벼슬을 버리고 집으로 돌아간 것이다. 조정에서는 그가 편안히 물러나 살려고 하는 절개를 더욱 숭상하여 그 사람을 우대하고 장려하는 것이 옳았다. 그런데 경상감사 정언각鄭彦慤이 도리어 처벌을 주청하자, 임금이 그를 잡아다가 추국하도록 명하였다. 유일의 선비를 대우하는 의리가 여기서부터 어긋나기 시작했다. 만약 대신들이 간언하여 중지시키지 않았다면 형틀을 씌우는 모욕이 유일의 선비에게까지 미칠 뻔하였으니, 어찌 밝은 시대의 큰 허물이 아니겠는가? 임금의 말이 한번 떨어지자, 선비들의 기상이 저절로 꺾였다. 그렇다면 정언각의 죄 또한 크지 않겠은가?

정종영이 또 아뢰기를,

"엄광嚴光·주당周黨[21]은 모두 고상한 선비들입니다. 후한後漢 광무제光武帝가 친구로써 엄자릉嚴子陵[22]을 대했으니, 엄자릉이 광무제의 배에 발을 올려놓은 것은 당연한 것입니다. 주당의 경우 임금과 신하의 분수가 있었는데 부복俯伏만 하고 배알拜謁하지 않았습니다. 박사 범승范升이 '이는 화려한 이름을 얻으려는 것으로 신하의 예가 없는 것입니다.'라고 하자, 광무제가 '옛날의 성스러운 황제나 밝은 왕들도 모두 복종하지 않는 신하가 있었다.'고 하며, 그에게 상을 주었습니다. 이 때문에 사기가 더욱 홍기되어 맑게 닦여진 선비들이 많아졌습니다. 그러므로 한나라 말기에 간웅奸雄들이 둘러싸고 기회를 엿보았지만 감히 손을 쓰지 못한 것은 맑은 의논이 부지하고 있었기 때문입니다. 조식의 상소가 이와 같은 것은 국가의 복입니다."

라고 하고, 정언 이헌국李憲國은 아뢰기를,

"전하께서 직언하는 길을 열고 유일의 선비를 장려하였는데, 이와 같은 일이 일어난 것은 조종조祖宗朝에도 드물었습니다. 지난번 경연에 나가는 것이 드물다는 뜻으로 승정원에 전교하시기를, '임금과 신하 사이는 정이 부자지간과 같다.'고 하였습니다. 그러나 신하들은 전하의 뜻을 믿지 않고, 시속時俗에서는 모두 말하기를 꺼리고 있습니다. 이로써 본다면, 훗날 찬탈簒奪을 하는 화禍가 닥치더라도 임금의 녹을 먹는 자로서 누가 기꺼이 임금을 사랑하여 말을 하겠습니까?

대저 진언하는 도는 안팎이 다릅니다. 조정에 있는 신하의 경우는, 그 말이 급박하지 않고 부드러워야 합니다. 그러나 조식과 같은 자는 거칠고 촌스러운 선비로서 옛사람의 글만 알기 때문에 그 말이 곧기만 하고 꾸밈이 적은 것입니다. 젊어서부터 옛사람의 글을 읽은 자가 어찌 군신의 의리를 모르겠습니까? 전하께서는 '자전慈殿께서는 생각이 깊으시기는 하지만 깊숙한 궁궐의 한 과부에 지나지 않는다.[慈殿塞淵 不過深宮之一寡婦]'고 한 말이 공손치 못하다고 여기십니다. 그러나 옛날 구양수歐陽脩가 황태후皇太后를 '한 사람 부인婦人'이라 하였지만, 황태후는 그를 벌하지 않았습니다.

그리고 조식은 시사時事가 날로 그릇되어 가는 것을 보고서, 주상께서 위에서 고립되어 백성의 실정을 들을 수 없을까 염려

하였던 것입니다. 그러므로 그의 생각에 벼슬을 하더라도 어떻게 할 수가 없을 것이라 여겼기 때문에 '전하의 신하가 되는 것이 또한 어렵지 않겠습니까.'라고 말한 것입니다. 이는 전하를 업신여긴 말이 아닙니다. 이와 같은 말에 대해, 전하께서 항상 두려워하는 생각을 더하신다면 그것도 국가의 복입니다. 조정에 가득한 신하로서 그 누가 국가의 은혜를 입지 않았겠습니까? 국가의 은혜 속에서 살아가고 국가의 은혜 속에서 죽는데도 오히려 말을 다하려 하지 않습니다. 조식은 초야의 일개 선비로서 목숨을 잃을지라도 후회하지 않을 각오로 이와 같은 말을 하였는데, 전교에 그의 공손치 못한 죄를 심하게 책망하셨습니다.

승정원은 후설喉舌의 지위에 있으니, 왕명의 출납을 진실되게 해야 합니다. 단지 전하께서 전교하시는 말씀을 공손히 받드는 일만을 직분으로 여겨서는 안됩니다. 전교를 받은 뒤에 가납嘉納하는 것이 옳다는 뜻을 당연히 아뢰었어야 하는데, 단지 감사에게 그 죄를 돌려버렸습니다. 이 뒤로는 감사가 반드시 상소를 받아들이지 않아, 아랫사람의 실정이 위로 전달되지 않을 것이니, 이는 승정원으로부터 막은 것입니다. 말 한 마디가 나라를 일으킬 수도 있고 나라를 잃게 할 수도 있으며, 종묘사직이 흥하고 망하는 것도 여기에 달려있습니다. 승정원이 한 번 잘못하여 그것이 역사책에 기록되어 후세에 전해져 아름답지 않게 되었으니, 그 임무를 살피지 못했다고 할 만합니다.

옛날 숭록대부崇祿大夫나 숭정대부崇政大夫로 도승지를 겸한 자가 있었던 것은 그 임무를 중하게 여겼기 때문입니다. 오늘날 이 직임에 있는 자가 모두 현명하지 않은 것은 아닙니다. 그러나 전하께서 '임금과 신하 사이는 그 정이 부자지간과 같다.'고 말씀하셨는데, 이런 때에 옳은 것을 권장하고 나쁜 것을 바꾸도록 하는 일을 할 수 없으면 매우 불가합니다. 조정에 가득한 신하들 중에 그 누가 국가의 일에 힘을 다하지 않겠습니까. 다만 신은 신진新進의 선비로 시사를 모릅니다. 그러나 태조의 먼 후손으로서 신하가 임금에게 공경하지 않은 것이 있는 점을 보면 당연히 처벌을 주청할 것입니다. 어찌 감히 전하를 저버리겠습니까?"

사신은 논한다 이헌국의 말은 간절하고 강직하다. 승정원의 과실을 깊이 책망하였으니, 마땅하다고 이를 만하다.

라고 하니, 임금이 이르기를,

"내가 계교와 사려가 얕고 짧은데다 학식이 본래 없기 때문에 사리를 모른다. 그러나 군신 상하의 분수에 대해서 신하는 마땅히 알아야 할 것이다. 아무리 유일의 선비라 하더라도 그 의리를 알지 못하면 어찌 현명한 사람이라고 할 수 있겠는가? 그 상소한 말이 공손하지 못한 데 관계되면 신하된 자는 마땅히 처벌을 주청해야 한다. 그렇게 하지 않으면 조정에서도 임금을 공경하지 않는 조짐이 있을 것이다. 그 상소의 말이 옳다고 하는 것도 올바르지 못한 의논이다. 그러나 조식을 유일의 선비로 여기기 때문에 너그러이 용납하고 죄를 다스리지는 않는다." 【이때 임금이 대단히 노여워했기 때문에 안색이 온화하지 않았고, 음성도 평온하지 않았다.】

라고 하였다.

사신은 논한다 조식의 상소를 옳다고 하는 것이 진실로 정론이다. 임금을 과실이 없는 곳으로 인도하려 하는 것이 바로 임금을 공경하는 큰 것이다. 대저 조식의 말이 자전에 관계된 것은, 단지 옛날과 지금의 마땅함이 다르다는 것을 몰랐기 때문이다. 어찌 상하의 분수를 모르고 공손하지 못한 마음을 품었겠는가? 이로써 그를 책망하여 치란·홍망이 이로부터 나누어지게 되었으니, 어찌 애석하지 않겠는가? 말로써 심하게 책망하였는데, 이는 죄를 주는 것보다 더 심한 것이다. 이것을 '너그러이 용납하였다'고 말할 수 있겠는가?

홍문관 전한 정종영 등이 차자를 올렸는데, 그 대략에,

"옛날 신하는 임금의 뜻을 거역해가며 극력 간하였고, 지척하는 말을 꺼리지 않았습니다. 심지어 소매를 잡아당기거나 머리를 부수면서[23]까지 간하였습니다. 하물며 초야의 서생이 조정의 체모를 알지 못해 비록 지나친 논의가 있었으나, 어찌 공손치 못하고 공경치 않다는 책망을 하여 간언하는 것을 거절하는 뜻을 보일 수 있겠습니까? 대저 신하가 말을 다하는 것은 모두 임금을 사랑하는 정심에서 나온 것으로, 그 자신은 그 말이 지나치게 격한 것인 줄을 모른 것입니다. 그러니 그 말이 맞지 않더라도 그 의도는 참으로 가상하게 여길 만합니다.

아! 공도가 행해지지 않고 시비가 전도되어 전조銓曹: 吏曹에서 관원을 추천해 올릴 적에도 여러 사람의 의논을 따르지 않고 있습니다. 후설喉舌의 자리인 승지로 추천된 사람 가운데도 일찍이 여론의 지탄을 받은 자가 있으며, 【윤옥尹玉을 가리킨다.】 간쟁하는 자리에도 본래 인망이 없는 자가 끼여 있으니, 【박문수朴文秀를 가리킨다.】 장차 어떻게 진실되게 출납하는 책임을 지우고, 거리낌없이 곧은 말을 하는 풍도를 바랄 수 있겠습니까? 전하께서 믿고서 나라를 다스리는 것은 사람을 등용하는 데 달려있습니다. 그런데 인재 선택을 정밀하게 하지 못하

여 이 지경에 이르렀으니, 어찌 한심하지 않겠습니까?

아! 깨끗한 향기는 사라지고 더러운 찌꺼기가 범람하며, 이단의 가르침이 성행하고 변방의 상황이 대단히 긴급해서 위망危亡의 화란이 목전에 임박했습니다. 그런데도 상하의 관원들은 서로 편안히 여기며 그것을 걱정하지 않으며, 한 사람도 전하를 위하여 통곡하는 자가 없습니다. 그런데 다행스럽게도 뜻이 높고 곧은 선비가 있어 한번 곧은 말을 진달하여 전하로 하여금 매우 괴이하게 여기시도록 하였습니다. 이는 신들의 죄입니다. 신들이 시종의 반열에 있으니, 감히 말씀드리지 않을 수 없습니다. 엎드려 바라건대, 전하께서는 유념하소서."

라고 하니, 임금이 답하기를,

"내가 박덕薄德한 몸으로 외람되게 신민臣民의 주인이 된 지 지금 10년이 되었는데, 여러 가지 재해가 연이어 나타나고 있다. 이는 내가 하늘의 견책에 능히 답하지 못한 소치이기에 밤낮으로 전전긍긍하기를 지극히 하였다. 그러나 신하로서 임금을 사랑하는 자도 드물었다. 그러므로 윗사람을 업신여기는 풍조가 있으니, 아마도 이 때문에 하늘의 견책이 더욱 많은 듯하다. 불교의 양종兩宗을 회복한 뒤로, 매번 이교異教가 성행한다고 말하는데, 지금 불교를 숭상하는 어떤 일이 있는지 모르겠다.

임금이 강직한 사기를 배양하는 것이 당연한 것일지라도 조식의 상소는 여타 지나친 의논을 한 상소와는 같지 않다. 신하로서는 공손치 못한 말을 발설하지 않아야 하는데, 상하의 분수를 생각하지 않고 감히 공경치 못한 말을 진달하여 자전에게까지 미쳤으니, 내가 자식된 입장에서 어찌 마음을 편히 하고 책망하지 않을 수 있겠는가? 언로를 소중하게 여기기 때문에 너그러이 용납하는 태도를 보이며 덮어두고 추문하지 않는 것이다.

신하된 자는 공경치 못한 말을 보면 당연히 놀라야 할 터인데, 도리어 나를 그르다고 한다. 신하의 마음이 이와 같으니, 하늘의 재변이 일어나는 것도 괴이할 것이 없다. 매우 한심스럽게 여긴다. 만약 언로를 여는 것이 귀중하다는 것으로 윗사람을 능멸하는 풍습을 만든다면 아마도 뒷날의 폐단이 없지 않을 듯하다.

그리고 후설의 지위에 있는 자로서 일찍이 여론의 지탄을 받은 자가 있다고 하였는데, 사람이 한때의 잘못이 있다 하더라도 영원토록 그 직임을 회복시키지 않는다면 허물을 고쳐 스스로 새롭게 하게 하는 뜻이 아니다. 나의 뜻을 알도록 하라."

라고 하였다.

○辛亥 上聽朝啓 侍講官鄭宗榮曰 自上見曺植之疏 而有傳敎之語 臣等不見其疏 未知其言之何如 苟語逼於慈殿 則雖治罪可矣 但此人 遺逸之士 其性踈野 不知禮貌而然也 古之帝王 待林壑退藏之士 與介冑之士 異矣 夫不責踈野之態 而貴其恬退之志 然後與古帝王崇尙恬退淸節之士 同矣 前者李希顔【草溪人 性行端重恭謹 以遺逸之士 名高一世 徵爲高靈縣監 居官僅三年 棄官歸家】棄官 自上欲拿推而不爲焉 植與希顔 一槪人也 旣欲拿推希顔 而又責曺植之疏 外方之士 不知以其疏辭之不恭 而以爲自上待士之道 不如古之帝王云 則士氣摧折矣

史臣曰 希顔以一世之逸士 試牛刀於割雞 志不得行 抛官歸家 朝廷所當益尙恬退之節 優奬其人 可也 而監司鄭彦慤【爲人性邪毒 滿腔子都是害人之心 時人側目】乃反請罪 自上命拿推之 待逸士之義 於是乎始乖矣 苟非大臣之諫止 則枷鎖之辱 幾及於隱逸之士 豈非明時之大累耶 王言一下 士氣自摧 然則彦慤

之罪 不亦甚乎

宗榮又曰 嚴光周黨 皆爲高尙之士也 光武以故人 待子陵 子陵之加足帝腹 宜也 周黨則有君臣之分 而伏而不謁 博士范升曰 釣采華名 無人臣禮 光武曰 古之聖帝明王 皆有不賓之士 從而賞之 以此士氣增起 而多淸修之士矣 故漢末 奸雄環視 而不敢下手者 以淸議扶持之故也 曺植之疏如此 亦國家之福也 正言李憲國曰 自上開直言之路 奬遺逸之士 如此之事 在祖宗朝 亦罕矣 前者 以罕御經筵之意 傳于政院曰 君臣之間 情猶父子云 然臣子不信上意 時俗盡以言爲忌 以此見之 他日雖有簒奪之禍 食君之食者 誰肯愛君而發言哉 夫進言之道 內外有異 在廷之臣則其辭優游不迫矣 若植者 以踈野之士 但知古人之書 故其言讜直而少文采也 自少讀古人之書者 豈不知君臣之義乎 自上以慈殿塞淵不過深宮之一寡婦之言爲不恭 昔歐陽脩以皇太后爲一婦人 而太后不之罪也 且植見時事日非 而恐主上孤立于上 不得聞下情 故其意以爲雖曰于仕 不能有所爲也 故曰 爲殿下之臣 不亦難乎 此非侮殿下之言也 若此之言 常加惕念 則亦國家之福也 滿朝之臣 誰不被國恩乎 生於國恩 死於國恩 而猶不肯盡言 彼植一草野之士 雖折首不悔 而發如此之言 傳敎深責其不恭之罪 政院居喉舌之地 出納惟允 非但供職於恭承傳旨之事也 承傳敎之後 所當啓其可以嘉納之意 而徒歸罪於監司 自此監司 必不受上疏 而下情之不達 自政院塞之也 一言可以興邦 可以喪邦 宗社之興喪 在是焉 政院一有所誤 而書之史策 垂諸後世而不美 可謂不察其任矣 古者 有以崇祿崇政 兼帶都承旨者 所以重其任

也 今之居是職者 未必皆不賢也 然自上以爲君臣之間 情猶父子云 而不能於此時 有獻可替否之事 甚不可也 滿朝之臣 誰不盡力於國事乎 顧臣以新進之士 固不知時事矣 然以太祖之苗裔 見臣子有不敬君上者 則所當請罪 豈敢負殿下乎

史臣曰 憲國之言切直 而深責政院之失 可謂當矣

上曰 自上計慮淺短 學識素無 故不知事理矣 然君臣上下之分 臣子之所當知也 雖曰遺逸之士 若不知其義 則豈可謂賢者乎 其言涉於不恭 臣子所當請罪 不然 朝廷亦有不敬君上之漸也 若以其疏辭爲是 則是亦不正之論也 然以植爲逸士 故優容而不治罪【是時上威怒 故天顔不和 玉音不平焉】

史臣曰 以曺植之疏爲是者 固是正論 而欲引君於無過之地 乃敬之大者也 夫植之言 涉於慈殿者 特以不知古今異宜耳 豈不知上下之分 而有不恭之心乎 以是而責之 治亂興亡之所由判 豈不惜哉 以言而深責 有甚於加罪 斯其可謂優容乎

弘文館典翰鄭宗榮等上箚 其略曰 古之臣子 犯顔極諫 斥言不諱 至有牽裾碎衣而不止者 況草野書生 不識朝廷之體貌 雖有過越之論 豈可加之以不恭不敬之責 以示拒諫之意也 大抵 人臣之盡言者 皆出於愛君之誠心 不自知其言之過於激 其辭雖不中 而其意誠可嘉也 嗚呼 公道不行 是非顚倒 銓曹注擬 不循群議 喉舌之地 而曾被物論者 居焉【指尹玉】諫諍之官 而素無物望者 齒焉【指朴文秀】將何以責出納之允 望謇諤之風乎 殿下所恃以爲國者 在於用人 而擇之不精 乃至於此 豈不寒心哉 噫 淸芬消歇 濁滓橫流 異教盛行 邊圉孔棘 危亡之禍 迫在朝夕 上下

相安　莫之爲憂　無一人爲殿下痛哭　而幸有狂直之士　一陳危言使殿下大以爲怪 此則臣等之罪也 臣等在侍從之列 不敢不言 伏惟殿下　留念焉

答曰 予以涼德 叨主臣民 于今十載 衆災連緜 是予不能答天譴之致 夙夜戰兢之至　臣亦愛君者　鮮矣　故有凌上之風 恐以此天譴益多也　復兩宗以後　每言異教盛行　未知當今有何崇佛之事也 人君雖當培養剛直之氣 曺植之疏 則非如他過越之論 以臣子固不當發不恭之言 而不慮上下之分 敢陳不敬之辭 涉於慈殿 予爲人子　而豈安心不責乎　以言路爲重　故示優容　置而不問矣　爲臣子者　觀不敬之言　則所當愕然　而反以予爲非　臣子之心如此天變之作　亦無足怪也　至爲寒心　若以開言路之重　成凌上之習則恐不無後弊也　且喉舌之地　曾被物論者居焉云　人雖有一時之過　永不復其職　則非改過自新之意也　予意知悉

《출전》『明宗實錄』권19, 명종 10년(1555, 乙卯) 11월 20일(辛亥)

10. 성균관 생원 안사준安士俊 등 5백여 명이 상소하다.

성균관 생원 안사준 등 5백여 명이 상소하기를,

"신들이 삼가 보건대, 전하께서 재변이 생긴 연유를 생각해 난국을 극복할 수 있는 좋은 말을 구하기 위해서 조정과 재야에 전교를 내리셨으니, 전하의 두려워하시며 자신을 닦고 성찰하는 마음이 지극하십니다. 다만 그 구언求言하는 마음이 과연 진실한 성의에서 나왔는지는 잘 모르겠습니다.

위에서 성심으로 구하면 아래에서도 성심으로 응하는 법입니다. 전하께서 전교를 내리신 지 한 달이 지났습니다만, 한 사람도 입을 열어 바른 말로 전하의 하문에 답하여 오늘날의 재앙을 늦출 수 있는 계책을 올린 자가 있다는 말을 듣지 못했습니다. 그러나 이것이 어찌 아래에 임금을 사랑하고 나라를 걱정하는 사람이 없어서 그런 것이겠습니까? 이는 반드시 전하에게 구언의 이름만 있을 뿐 구언의 실상이 없어서, 말을 하더라도 받아들이지 않을 것임을 알기 때문일 것입니다.

전하께서 즉위하신 초 다른 일에 마음을 쓸 겨를이 없었는데도 먼저 불교의 선종禪宗·교정敎宗을 회복시켰습니다. 그리하여 위로는 삼공·찬성·육경·시종侍從·대간臺諫으로부터 아래로는 태학의 유생들과 초야의 미천한 유생들에 이르기까지 한 달이 넘도록 대궐 앞에 엎드려 곧은 말과 격렬한 의리로 간쟁을 하였습니다. 이는 한 개인의 사사로운 말이 아니고, 온 나라의 공론이었습니다. 그런데도 전하께서는 못 들은 듯이 하며 끝내 마음을 돌리지 않으셨습니다.

이는 전하께서 온 나라 사람들의 말을 돌아볼 가치도 없다고 여기신 것입니다. 이로부터 사기가 꺾이고 위축되며 인심이 해이해졌습니다. 그래서 새로운 사회를 만들려고 꿈꾸던 선비들은 눈물을 닦으며 할 말을 잊고 있습니다. 전하의 국사가 날로 그릇되고, 나라의 근본이 날로 위태로워지고 있는데도 전하께서는 그 점을 알지 못하고 계십니다. 그러므로 인심이 이 때문에 동요되고, 언로가 이 때문에 막힌 것입니다.

신들이 삼가 조식의 상소를 보건대, 곧은 말과 절실한 의논은 실로 나라를 걱정하는 성심에서 나온 것으로, 오늘날 병폐의 급박한 점을 바로 지적한 것입니다. 전하께서 이를 잘 살펴보시고 받아들여 행하신다면, 지금의 재앙을 누그러뜨리고 변괴를 없애는 방법이 반드시 여기에서 근본할 것입니다. 그런데 전하께서는 그의 말을 엄하게 거절하여 남의 말을 깔보는 빛을 크게 보이셨습니다. 그래서 인심이 복종하지 않고, 언로가 막히어 사림의 기대가 이에 무너진 것입니다.

신들이 삼가 듣건대, 세자의 보양輔養은 단정端整·정제整齊·엄숙嚴肅·공경恭敬·신중愼重으로 가르치지 않으면 안 된다고 합니다. 어릴 때부터 올바른 사람을 선택하여 좌우에 두어 함께 지내게 해야 합니다. 더구나 지금 원자의 춘추가 점점 장성해 가니, 보양이 더욱 시급합니다. 마땅히 자상하고 독실한 사람을 뽑아 좌우에 두어 원자로 하여금 바른 일을 보게 하고, 바른 말을 듣게 해야 합니다. 간사하고 말만 잘 하는 환관들을 원자의 곁에 두어 이치를 분간하지 못하는 상태에서 자신도 모르게 바른 마음을 빼앗기게 해서는 안 됩니다.

근래 대간臺諫이 박한종朴漢宗의 일로 여러 날 논계했지만, 전하께서 굳게 고집하여 따르지 않으셨습니다. 간사한 환관 한 명을 물리치는 것이 뭐 그리 어려운 일이기에 공론을 끝까지 거절하시어 여론의 울분이 이처럼 극에 달하게 하십니까?

아! 전하께서 즉위하신 뒤 행하신 일 중에는 인정을 거스르고 언로를 막은 것이 많습니다. 그런데 지금 겉으로 구언求言한다는 명분을 드러내 재앙에 대응하는 형식적인 정사를 행하시니, 온 나라 신민들은 그것이 진심에서 나온 것이라고 누가 믿겠습니까? 전교를 내리신 지 한 달이 지나도록 아름다운 말을 한 마디도 얻지 못한 것은 괴이할 것이 없습니다.

신들이 삼가 보건대, 오늘날의 변고는 전대에 일찍이 들어보지 못한 것입니다. 산이 무너지고 시내가 끊어지는 등 하늘의 노여움이 이미 극에 달했습니다. 혜성彗星이 나타나고 요석妖石이 떨어졌으니, 그 응보가 두려워할 만합니다. 그 외 겨울에 우레가 치고, 두꺼비가 얼어죽고, 못의 물이 끓고, 샘에서 우는 소리가 나는 등의 이변이 날이 갈수록 더욱 해괴하여 이루 다 기록하기 어렵습니다. 이 때문에 인심이 흉흉하여 나라의 근본이 흔들리고 있습니다.

그런데 전하께서는 깊은 궁중에서 가만히 앉아 계시니, 인심의 동요가 한결같이 이 지경에 이른 줄을 어찌 아시겠습니까? 모르겠습니다만, 전하께서는 지금의 재변이 우연히 발생한 것으로 여기십니까? 어찌하여 자신의 잘못을 버리고 남의 좋은 의견을 따르며, 편벽된 사심을 버리고 진실된 마음으로 하늘에 응하는 도를 행하려 하지 않으십니까? 신들이 삼가 들으니, 전하의 전교 가운데 '이단이 성행하여 그런 것인가?'라는 말씀이 있었다고 합니다. 이 점이 바로 전하께서 뉘우치셔야 할 점이며, 또한 인심에 순응하고 언로를 여는 실상이 될 것입니다.

신들이 삼가 듣건대, 전하께서 거처를 정전에서 옮기시고 음식을 줄이셨으며, 비용과 봉록을 감하였다고 합니다. 이는 참으로 재변을 만나 놀라고 두려워하는 아름다운 생각입니다. 그러나 여러 산사에서 부처에게 제공하는 비용은 오히려 예전과 같고, 여러 절에서 승려에게 제사지내는 비용도 전과 다름이 없다고 합니다. 전하께서는 매번 나라의 저축이 텅 비어 고갈됨을 염려하십니다. 그러나 절에 들어가는 비용은 실로 나라의 저축이 새는 곳입니다. 그런데도 전하께서는 만분의 한둘도 감하지 않고 계십니다. 신들은 전하의 하늘을 공경하는 정성이 혹 부처를 공경하는 정성만 못할까 두렵습니다.

전하께서 즉위하신 이래로, 부처를 받드는 일을 부지런히 하셨지만, 흉년이 연이어 닥쳐 늙은이는 구렁텅이에 굴러 떨어져 죽고, 젊은이는 사방으로 흩어져서 열 집에 아홉 집은 텅 비었습니다. 게다가 변방의 소요가 여러 차례 일어나, 백성들이 어육魚肉이 되었습니다. 어찌 부처의 힘이 상서로움을 능히 불러오지 못하고 도리어 재앙만 부른단 말입니까? 전하께서는 아직도 오히려 뉘우치지 않으시니, 신들의 의혹은 더욱 심해집니다.

삼가 바라건대, 전하께서는 인심에 순응하고 언로를 열어 자신의 사사로운 의견으로 좋고 나쁨을 결정하지 마시고, 신민들이 좋아하는 것을 좋아하고 신민들이 싫어하는 것을 싫어하십시오. 그리고 자신의 편견으로 옳다 그르다 하지 마시고, 조정이 모두 옳다 하는 것을 옳다 하시고 조정이 모두 그르다 하는 것을 그르다 하십시오. 하나의 생각이 싹트고 하나의 언사言事를 내릴 때에도 순수하고 명백하게 하시어 조금도 하자나 흐릿함이 없게 하소서. 그런 뒤에야 호령을 내리시는 것이 온 백성의 뜻과 하늘의 마음에 합치될 것입니다."

라고 하니, 임금이 답하기를,

"내가 부덕한 몸으로 외람되이 신하와 백성들의 주인이 되어 잘못이 많다. 재변이 거듭 나타나 걱정이 끝이 없으니, 단지 절실하게 자책하고 있을 따름이다. 방금 상하의 가부에 대해 논했는데, 입을 다물게 하는 폐단은 없을 것이다. 불교의 양종兩宗은 오늘날 신설한 것이 아니다. 여러 산의 사찰에 대해서는 또한 부처에게 공양하는 일이 별도로 있는지 모르겠다. 원자元子

를 보양하는 일에 대해서는, 신하들만 염려하고 나만 유독 걱정하지 않을 리가 있겠는가? 원자를 보양하는 데 환관을 둔 것은 위에서 그 사람이 어진 지 아닌 지를 가려 임용해야 할 것이니, 여러 유생들이 논의할 바가 아니다. 조식은 군신의 분수를 모르기 때문에 나의 의견을 말했을 뿐이다."

라고 하였다.

사신은 논한다 이 당시 대비大妃는 부처를 숭상하고, 윤원형尹元衡은 부처에 아첨하고 있었다. 그러니 주상이 영특하고 밝은 자질을 타고났다 하더라도 어찌 부처에게 공양했다는 비난을 면할 수 있겠는가? 윤원형은 또 "중종은 난을 겪은 뒤 추대된 임금으로서 아랫사람들이 말하는 것을 두렵게 여겨 쉽게 따랐습니다. 그러나 지금은 중종 때의 상황과는 같지 않습니다."라고 하였다. 그는 이런 말로 평상시 참소를 하여 임금의 마음을 점점 빠져들게 함으로써 언로가 날로 막혀 나라의 형세가 위태로워지게 하였다. 어찌 탄식을 금할 수 있겠는가.

○ 成均館生員 安士俊等 五百餘人 上疏曰 臣等伏見 殿下念召災之由 下求言之教 其恐懼修省之意至矣 第未知所以求言之心 果出於眞實之誠耶 夫上以誠求 則下必以誠應之 而教下閱月 曾未聞一人伸喙抗言 仰答聖問 以裨今日弭災之策者 此豈下無愛君憂國之人而然哉 必見殿下有求言之名 無求言之實 雖言之 而必不見用故也 殿下嗣服初年 未遑他事 先復兩宗 上而公

孤卿相侍從臺諫 下而大學粉袍 草野疎賤 伏闕閱月 言直義激 此非一人之私言 乃一國之公論 天聽邈然 竟莫之回 是殿下以擧國人言 爲不足恤也 自是士氣摧沮 人心解弛 有志之士 抆淚無言 殿下之國事日非 邦本日危 而殿下未之知也 人心於是乎搖 言路於是乎塞矣

臣等竊觀曹植之疏 其危言切論 實發於憂國之誠 而正中時病之急也 殿下若能察納而行之 則弭災消變之道 必自此而根本矣 殿下嚴拒其言 大示訑訑之色 人心不服 言路杜塞 士林之望 於是乎缺矣

臣等竊聞 養世子 不可不端齊肅敬愼教 自沖年 左右與居 當擇正人 況今元子春秋漸盛 輔養尤急 所當擇慈祥篤實之人 置諸左右 使之見正事聞正言也 不可使奸佞閹竪 蝃蝀於其側 而潛消默奪於冥冥之中也 近來臺諫 以朴漢宗之事 論啓多日 而殿下堅執而不從 退一妖邪小宦 有何難事 而牢拒公論 以致物情之憤鬱至此極耶 嗚呼 殿下卽位以來 所行之事 率多拂人情塞言路 而今者外示求言之名 而以爲應災之文具 一國臣民 誰信其出於眞心耶 無怪乎教下踰月 未得一嘉言也

臣等伏見 今日之變 前代之所未聞 山崩川斷 天怒已極 彗星妖石 其應可畏 其餘冬雷凍蟾池沸井吼之變 愈出愈怪 難以殫紀以此人心洶洶 邦本不固 殿下高拱深宮 安知人心之搖 一至於此耶 不知殿下以今日之災 爲出於偶然耶 何不舍己從人 革去偏私庶幾應天以實之道乎 臣等伏聞殿下之教 有言 異端盛而然耶 此正殿下悔悟之地 而抑所以順人心開言路之實也

臣等竊聞 殿下避殿減膳 省費減祿 固是遇災警懼之美意 而諸山供佛之費 猶舊也 衆刹醮僧之用 自在也 殿下每以國儲虛竭爲憂 佛宇之費 實是國儲之尾閭 而殿下曾不減萬分之一二 臣等竊恐殿下敬天之心 或者不如敬佛之誠也 殿下嗣位以來 奉佛雖勤 而凶荒荐臻 老顚壯散 十室九空 加以邊釁屢興 生民魚肉 是何佛力不能致祥 而反致災耶 殿下至今尙未悔悟 臣等之惑 滋甚伏願殿下 順人心開言路 不以一己之私意 作好作惡 而臣民之所同好者好之 所同惡者惡之 不以一己之偏見 爲是爲非 而朝廷之所共是者是之 所共非者非之 一念慮之萌 一言事之發 純粹明白少無瑕翳 然後渙汗大號 可以協群情而合天心矣

答曰 予以否德 叨主臣民 闕失多矣 衆災疊現 憂慮罔極 徒切自責 方今上下可否 而無噤口之弊也 兩宗 非今新設 而諸山寺刹 亦未知別有供佛之事也 輔養元子 爲臣子者獨慮 而予獨不念乎 宦官之用 當自上知其賢否而任之 非諸生所論也 曹植則不知君臣之分 故只言予意而已

史臣曰 是時大妃崇佛 元衡諂佛 主上雖有英明之資 焉能免供佛之譏乎 元衡又以爲 中廟 經亂推戴之君 下之所言 畏而易從 今則不宜如中廟之時 以此等語 尋常浸潤 以致言路日塞 國勢岌岌 可勝歎哉

≪출전≫ 『明宗實錄』 권20, 명종 11년(1556, 丙辰) 3월 7일(丙寅)

11. 임금이 조식의 상소에 노여워하자 초야에서 직언하는 자들이 서로 경계하다.

임금이 조강朝講에 나아갔다. 대사간 박민헌朴民獻이 아뢰기를,

"재력이 고갈되고 호구戶口도 줄어서 하나의 텅 빈 나라가 되었으니, 이 점이 나라의 큰 걱정거리입니다. 조정의 큰 근심은 기강이 확립되지 않고, 공도가 행해지지 않는 데 있습니다. 비유하자면 원기를 상실한 사람에게 온갖 병이 함께 발생할 적에 침을 제대로 놓지 않으면 그 병을 치유할 수 없는 것과 같습니다. 이는 작은 일이 아닙니다. 오늘날 사람들을 보면, 아버지나 형 등 어른들이 젊은이들에게 가르치는 것은 '시세를 따라 입을 다물고 말을 하지 말라'는 것입니다. 비록 언론을 담당하는 자리에 있는 사람조차도 모두 말하는 것을 꺼리고 있으니, 이는 오늘날의 큰 폐단입니다. 임금이 태평지치를 이룩하는 길은 언로를 통하게 하는 데 있습니다. 언로가 통하면 기강이 확립될 것입니다. 전하께서 태평지치를 바라시는 것이 매우 절실한데도 그 효과가 나타나지 않고 있습니다. 신은 언로를 넓히는 데 극진하지 않은 점이 있을까 두렵습니다."

라고 하니, 상이 이르기를

"백성은 나라의 근본이다. 근본이 견고해야 나라가 편안하다. 민생의 곤궁함이 지금과 같은 적이 없고, 기강도 날로 문란

해지니, 참으로 걱정스럽다."

라고 하였다.

[사신은 논한다] 맹자의 말에 "잘난 척하는 얼굴빛이 천리 밖에서 인재를 막는다."[24]고 했다. 마음을 열고 성심을 보여, 행실은 미치지 못하지만 뜻이 큰 사람과 곧이곧대로 말하는 정직한 사람을 포용하지 않으면, 누가 우뢰 같은 임금의 위엄 아래서 말을 다하려 하겠는가? 조식曺植의 상소에 임금이 한 번 성을 내자, 초야에서 곧게 직언하던 사람들이 서로 경계했고, 신하들이 간쟁하는 의논을 여러 번 거절하자, 할 말이 있는 조정의 벼슬아치들도 묵묵히 입을 다물었다. 이것이 바로 언로가 날로 막히고 기강이 확립되지 못하는 이유이다.

○ 甲申 上御朝講. <중략> 大司諫朴民獻曰 財力匱竭 戶口減縮 爲一空虛之國 此國之大憂也 朝廷大憂 在於紀綱不立 公道不行 比如傷元氣之人 百病俱出 非針刺不能救 此非小故也 見今之人 父兄之所教詔者 循默不言 雖在言論之地者 亦皆以言爲諱 此當今之大弊也 人君致治之務 在於通言路 言路通 則紀綱立矣 自上求治甚切 而不見治效 臣恐開廣言路 有未盡也

上曰 民惟邦本 本固邦寧 民生之困 莫如此時 紀綱日以板蕩 良用軫慮

史臣曰 孟子言訑訑之色 拒人於千里之外 苟不開心見誠 包容狂直 則孰肯盡言於雷霆之下哉 一怒曺植之疏 而草野之危言

者 相戒 屢拒諫諍之論 而朝廷之有懷者 隱默 此言路之日塞 而紀綱之不立也

≪출전≫『明宗實錄』권22, 명종 12년(1557, 丁巳) 1월 30일(甲申)

12. 경상도 산음山陰[25]에 사는 유생 배익겸裵益謙[26]이 상소하여 정사의 폐단을 아뢰다.

경상도 산음에 사는 유생 배익겸 【배익겸은 어긋나고 망령된 사람이다. 그러나 사람이 나쁘다는 것으로 그의 말까지 버려서는 안 된다.】 이 상소하기를,

"추생어사抽栍御史[27]가 군현郡縣을 치달리면서 염탐하여 수령의 불법을 적발하고 있습니다. 이는 한 사람을 징계하여 백 사람을 부지런히 일하게 하는 아름다운 생각입니다. 다만 어사들이 유성처럼 달려가고 번개처럼 지나쳐서 홀아비·과부 등 하소연할 데 없는 불쌍한 백성들이 그들의 사정을 호소할 겨를이 없습니다. 그들은 임금님께 드리고 싶은 말이 있는데 그것을 전달하기 어려우니, 가난한 백성들의 원망을 어찌 두루 알겠습니까? 신의 생각으로는, 어사들로 하여금 궁핍한 고을을 몰래 염탐하면서 백성들의 어려움을 물어보게 하신다면 백성들의 소원이 거의 전하께 알려지게 될 것입니다.

승려들은 거의 대부분 세금도 내지 않고 부역도 하지 않는 백성들로서 놀면서 먹고사는 사람들입니다. 산 속에 모여 살지만 도성 안으로 들어가는 데 거리낌없이 출입하니, 매우 놀랄 만합니다. 신의 생각에는 서울이나 지방 모두 도성 출입을 일체 금지시켜야 한다고 여겨집니다.

백성을 다스리는 관리로 공수龔遂·황패黃霸[28] 같은 어진 수령이 없음을 걱정할 상황이 아닌데, 불쌍한 우리 백성들은 번번이 용렬한 수령을 만나 태평지치의 은택을 입지 못해서 사방으

로 뿔뿔이 흩어진 사람들이 수없이 많습니다. 지금 문관文官을 연이어 임명하고 오로지 무식한 문음門蔭[29]만을 서용하지 않는다면, 약간의 은택이라도 받을 수 있을 것입니다.

또 군사를 거느리는 장수로 염파廉頗·이목李牧[30] 같은 명장이 없음을 걱정할 정도가 아닌데, 오늘날 병사兵使·수사水使들은 수레와 배로 뇌물을 실어 나르며 권세 있는 사람을 다투어 섬기면서도 태연히 부끄러움을 모르고 있습니다. 이제 청렴하고 근신한 장수를 선발하여 지방을 진압하는 직임을 맡긴다면, 군졸들의 원망이 거의 없어질 것입니다.

여러 고을에 향교鄕校가 있는 것은 수도에 성균관成均館이 있는 것과 같습니다. 그런데 용렬한 사람을 지방의 훈도訓導로 파견하여 봉록만 축나게 할 따름입니다. 그러니 생도들을 잘 가르치는 일을 어찌 바랄 수 있겠습니까? 신의 생각으로는, 생원生員이나 진사進士 중에서 근면하고 정성스러운 사람을 가려 훈도로 제수한다면, 거의 올바른 교육이 될 것입니다.

『소학小學』과 『주자가례朱子家禮』는 날마다 항상 실천해야 할 도가 담겨 있어 잠시도 멀리해서는 안 될 책입니다. 종종께서 태평지치를 이룩하는 데 뜻을 두시고 조광조趙光祖를 등용하여 주자朱子의 『소학』을 강하게 하고, 여씨呂氏의 향약鄕約을 행하게 하자, 훌륭한 사람들이 무리지어 나왔고, 많은 선비들이 고무되었습니다.

우리 임금을 요堯·순舜 같은 성왕으로 만들고, 우리 백성들을 당唐·우虞 시대의 백성으로 만들려 하였는데, 불행하게도 하루아침에 간사한 자들이 나라를 그르쳐 시기하고 미워하여 선인·군자들을 한 그물에 모두 쓸어 담아 일망타진하였습니다. 그러므로 그 뒤로는 이런 책이 다시는 세상에 행해지지 않고 있습니다. 삼가 바라건대, 전하께서는 인륜을 두터이 할 방도를 강론하여 위에서 몸소 행해 아랫사람들에게 모범을 보이십시오. 조정에서 사방으로 미루어 나가면 『소학』이 다시 세상에 나올 것이며, 사람들이 모두 임금께 충성하고 부모에 효도하는 마음을 갖게 될 것입니다.

일사逸士들은 깊숙이 숨어살면서 남들이 자신을 알아볼까 걱정합니다. 그러나 그들의 맑은 절개는 세상에 모범이 되어 풍속을 바로잡기에 충분합니다. 오늘날에 있어서는 성수침成守琛·조식曺植이 그런 사람입니다. 지금 위에 탕湯임금·문왕文王 같은 군주가 있으면, 그들이 어찌 자기 한 몸만 선하게 하려 하고, 남들과 선을 함께 하려는 뜻을 갖지 않겠습니까? 그런데 한 사람은 그 뜻을 고상하게 하고 나아가지 않으며,【조식을 말함.】 한 사람은 초빙에 응하여 잠시 벼슬하다가 초야로 돌아갔습니다.【성수침을 말함.】 지금 폐백을 갖추어 그들을 맞이해 좌우에 두신다면, 어찌 성학聖學을 성취하는 데 도움이 없겠습니까?

신이 삼가 보건대, 시폐를 진달한 상소가 한둘이 아닌데, 대수롭지 않게 해당 관청에 내리시고는 끝내 그들이 아뢴 일을 거행하지 않으셨습니다. 그러니 신의 이 말도 무용지물이 되리라는 것을 잘 압니다."

라고 하니, 임금이 전교하기를

"네가 시골의 유생으로서 나라를 위해 시폐를 진술했으니, 참으로 가상하다. 다만 조광조의 일은 분명 상세히 알지 못하고 아울러 논한 것이리라."

라고 하였다.

○ 戊戌朔 慶尙道山陰居儒生裵益謙【益謙悖妄 然不以人廢言】上疏 其略曰 抽栍御史 馳騁郡縣 摘發不法 是爲懲一勵

百之美意也 但星馳電過 鰥寡之民 情不暇訴 有懷難達 則白屋之冤 何以周知 臣意以爲令御史 暗行窮閻之間 問其民瘼 則庶使民願上達矣 僧徒率皆逃賦避役之民 游手游食 淵藪於山林 至於都城之內 出入無畏 事甚可駭 臣意 使京外一切禁斷

夫治民之吏 不患無龔黃 而哀我生民 每遭庸吏 不得蒙至治之澤 散而之四方者 何限 今若互任文官 而不但專用門蔭之無識者 則庶得一分之惠矣 且御衆之將 不患無頗牧 而今之爲兵水使者 輦載船運 爭事權勢 恬不知愧 今若擇廉謹之將 以授方鎭之任 則庶無軍卒之冤矣 列邑之有鄕校 猶國之有成均也 而外方訓導 例遣庸下之流 徒竊料廩精而已 則況望其敎誨之事乎 臣意以爲擇生員進士之勤慤者 以授之 則庶乎其可矣 小學家禮 寓日用常行之道 不可須臾離者也 中廟銳意圖治 得趙光祖 講朱氏之小學 行呂氏之鄕約 群賢彙征 多士鼓舞 將以君吾堯舜 民吾唐虞不幸一朝 奸人誤國 媢疾而惡之 使善人君子 打盡於一網 故自此以後 此書不復行於世矣 伏願殿下 講論厚倫之方 躬行於上示效於下 自朝廷推之於四方 則小學之書 復見於世 而人皆有忠君孝親之心矣 逸士幽居 患人之知己 而其淸節 足以範世礪俗在當今則成守琛曺植 其人也 今上有湯文之主 則豈肯獨善其身而無慕乎兼善之志哉 然或高尙其志而不出【曺植】或應聘少施而返廬【成守琛】今若修其聘幣以迎之 置之於左右 則豈不有助於聖學之成就乎 臣伏見陳弊之疏不一 而例下該曹 竟不擧行則臣之此言 明知亦歸於無用之地矣

傳曰 爾以鄕生 爲國陳弊 良用嘉焉 但趙光祖事 必未詳知而

竝論之矣

≪출전≫『明宗實錄』권25, 14년(1559, 己未) 12월 1일(戊戌)

13. 충효忠孝 · 유일遺逸의 선비를 등용하게 하다.

임금이 사정전思政殿에 나아가 정사를 친히 보았다. 임금이 전교하기를,

"국가는 충효 · 유일의 선비를 먼저 등용해야 한다. 성수침成守琛 · 조식曺植 · 홍치요洪致堯 · 이몽성李夢成 · 윤희경尹希慶 · 변훈남卞勳男【모두 효행이 있었다.】 · 남필문南弼文 · 허강許橿을 먼저 의망擬望하라."

【성수침은 파평坡平의 산 밑에 은거하였다. 성품이 지극히 효성스러웠으며, 담박하게 살며 자신을 지켰다. 미련 없이 속세를 떠날 생각이 있었다.】

【조식은 삼가三嘉 사람이다. 은거하며 자신을 지켰는데, 학문이 정밀하며 광박하였다. 이 두 사람은 모두 유일의 선비이다. ○ 성수침은 젊어서 정암靜庵 조광조趙光祖를 종유하였다. 기묘년(1519) 사화가 일어나자, 벼슬길에 나가는 데 뜻이 없어서 파평 산 밑에 은거하였다. 유일로 천거되어 현감에 제수되었지만, 사은숙배한 뒤 사직하고 부임하지 않았다. 뒤에 조지서 사지造紙署司紙에 제수되었으나 또한 나아가지 않았다. 조식은 성품이 고매하며 용감하고 결단력이 있어서 물욕에 물들지 않았다. 세상사에 분개하고 간사한 이를 미워하여 벼슬하지 않고 은둔하였다. 그는 식견이 밝고 슬기로우며 기상과 절개가 맑고 깨끗하였다. 그래서 그의 언론을 들으면 사람들이 모두 마음이 경건해졌다. 그를 아는 사람들은 "그는 탐욕스러운 사람을 청렴하게 하고, 게으른 사람도 뜻을 세우게 할 만한 풍도가 있는 사람이

다."라고 하였다. 만년에 지리산智異山 덕산동德山洞에 집을 짓고 살았다. 유일로서 현감에 제수되자, 상소를 올리고 부임하지 않았다. 임금께서 정사를 친히 돌보면서 충효·유일의 선비를 서용하려 하니, 그 뜻이 매우 성대하다. 인사의 전형을 담당하는 관리는 얼른 그 뜻에 순응하려 해야 하는데, 그들을 임용할 빈자리가 없다는 이유를 핑계로 이번 정사에서 끝내 그들을 주의注擬[31]하지 않았으니, 임금의 명을 어긴 죄가 크다.】

【남필문은 중종·인종을 위하여 심상心喪[32] 삼년복을 입었다.】

【허강은 허탕許碭의 아들인데 아버지의 상喪을 당해 3년 동안 죽만 먹었다.】

라고 하였다.

〈중략〉

이조吏曹가 아뢰기를,

"충효·유일의 사람에게 줄 합당한 빈자리가 없습니다. 그러므로 주의할 수 없습니다."

라고 하니, 임금이 전교하기를,

"뒷날의 정사 때 관직을 제수하라."

라고 하였다.

[사신은 논한다] 조식은 학문이 고명하고, 성수침은 편안히 심성을 기르고 깨끗이 자신을 닦는 사람이니, 모두 한 세상의 고사高士들이다. 그 나머지 몇 사람 중에도 효행이 있는 자가 있으니, 인사권을 가진 자는 이들을 발탁하여 관직에 임용되도록 하는 것이 마땅했다. 임금이 친히 정사를 돌보는 날, 이들을 거두어 서용하라는 전교가 있었는데, 빈자리가 없다는 것으로 핑계를 대며 즉시 주의注擬하지 않았다. 임금의 어질고 능력 있는 사람을 좋아하는 아름다운 뜻이 이미 드러났는데 신하가 이를 다시 막았으니, 임금을 도에 합당한 데로 인도하는 자라 할 수 있겠는가? 인사의 전형을 맡은 신하가 빈자리가 없다고 핑계를 대더라도 진실로 임금에게 어진 이를 좋아하는 성심이 있다면, 마땅히 특명으로 관작을 제수해야 한다. 어찌 훗날을 기다리겠는가? 임금을 지척에서 모시면서 임금의 명을 받들지 않는 죄가 이미 저와 같고, 특명을 받은 사람들 가운데는 무식한 외척들이 또 이와 같이 많다. 그런데도 온 조정에 한 사람도 그 잘못을 말하는 자가 없으니, 국가의 일이 날로 잘못되어 가고 있다.

○ 丁卯 上御思政殿 親政 傳曰 國家所當先用忠孝遺逸之人 成守琛【隱居波平山下 性至孝 沖澹自守 蕭然有出塵之想】曺植【三嘉人也 隱居自守 學問精博 二人皆遺逸之士也 成守琛少從趙靜庵光祖遊 己卯禍起 無意仕進 隱居坡平山下 以遺逸薦授縣監 拜恩後 辭不赴 後除司紙 亦不起 曺植性高邁勇決 不爲物欲所漬 憤世嫉邪 隱遯不仕 識慮明睿 氣節灑落 聽其言論 人

皆竦動 識之者以爲庶幾廉頑立懶之風云 晩年築智異山之德山洞 以遺逸拜縣監 抗疏不赴 上於親政 欲收敍忠孝遺逸之士 其意甚盛 爲銓曹者 所當將順之不暇 而乃托以無窠闕 是政竟不注擬 其方命之罪大矣】洪致堯李夢成尹希慶卞勳男【皆有孝行】南弼文【爲中廟仁廟 心喪三年】許橿【許磁之子 其父之喪歠粥三年】其先擬望 吏曹啓曰 忠孝遺逸之人 無相當窠闕 故不得注擬 傳曰 後日之政 除職

史臣曰 曺植 學問高明 成守琛 恬養淸修 皆一世之高士 其餘數子 亦或有孝行者 主銓衡之權者 所當甄拔 列于庶位 可也 而乃於親政之日 有收敍之敎 則以無窠闕爲辭 而不卽注擬 使好賢之美意 旣發而復沮 則其可謂引君當道者乎 典銓衡之柄者 雖托於無闕 苟有好賢之誠心 當自特命拜爵 何待於後日乎 咫尺天顔 不奉君命之罪 旣如彼 特命之所及 多在椒親之無識 又如此 而擧朝無一人言其非 則國家之事 將日非矣

≪출전≫『明宗實錄』권26, 명종 15년(1560, 庚申) 7월 3일(丁卯)

14. 대궐 안에 벼락이 친 것에 대해 교서敎書를 내리다.

임금이 다음과 같이 교서를 내렸다.

"4월 경인일(8일) 하늘에서 천둥과 번개가 요란하게 치고 비가 내렸다. 내가 거처하는 정문正門에 벼락이 쳐서 나의 보장寶杖[33]을 부러뜨렸다. 이는 하늘이 위엄을 보여 나의 임금답지 못한 죄를 드러낸 것이다. 내가 숨을 죽이고 정신을 고요히 하여, 마치 천지 사이에 용납되지 못하는 듯이 하면서 나의 허물을 곰곰이 생각해 보았다. 이는 하늘이 이 나라를 전복시키려는 것이 아니라, 하늘이 나 한 사람을 인애仁愛하기 때문이다. 나 한 사람이 여기서 변화하여 끝까지 보존하길 도모해야 함을 어찌 모르겠는가? 순舜임금이 우禹임금에게 유시하기를 "아름다운 말이 사장되지 않아야 만방이 모두 편안해진다."고 하였으며, 중훼仲虺[34]가 탕湯임금에게 말하기를 "임금이 아랫사람에게 묻기를 좋아하면 여유가 생기고, 자신의 생각대로만 하면 여유가 적게 됩니다."[35]라고 하였다.

현명한 임금은 반드시 대중에게 묻고, 선량한 신하는 기꺼이 선언善言을 진달한다. 내가 이제 널리 구제해 주는 덕에 의지하려 하니, 나를 어찌할 수 없는 사람이라 말하지 말라. 나의 몸은 백성을 구하는 법칙인데 내가 잘 수행하지 못하였으며, 나의 마음은 정치를 하는 근본인데 내가 능히 바르게 하지 못하였다. 조정은 사방의 근본인데 내가 능히 맑게 하지 못하였으며, 학교는 교화를 일으키는 근본인데 내가 잘 배양하지 못하였다. 염치는 나라의 큰 기강인데 내가 능히 펴지지 못하였으며, 상벌은 임금의 큰 권한인데 내가 능히 공평하게 하지 못하였다.

궁궐의 쪽문은 반드시 엄격해야 하는데 사사로이 여인들이 드나들며 정사에 간여하는 바가 혹 없지 않았으며, 형벌과 옥사는 반드시 불쌍히 여겨야 하는데 원통하게 형벌을 받고서도 혹 신원되지 못한 경우도 있다. 사기士氣는 반드시 진작되어야 하는데 우뢰 같은 위엄이 혹 걷히지 않았으며, 벼슬길은 반드시 깨끗해야 하는데 뇌물을 주고받는 일이 혹 금지되지 못하였다. 법령은 반드시 신빙성이 있어야 하는데 어지러이 변경하는 폐단이 혹 고쳐지지 못하였으며, 부역은 반드시 균평해야 하는데 번거롭게 가렴주구하는 일이 혹 제거되지 못하였다.

이와 같은 죄를 생각해 보니, 기실 내 스스로 지은 것들이다. 어찌 하늘을 원망하고 남을 탓할 수 있겠는가? 내가 이런 마음으로 조정에 널리 고하여 나의 허물에 대해 좋은 말을 구한 지 여러 해가 되었다. 그러나 모두 입을 다무는 것을 숭상하거나 무력한 것만 숭상할 뿐, 나에게 좋은 말을 고하여 나를 도로 인도하는 사람이 없었다. 그래서 나 한 사람은 스스로 덕이 황폐하게 되어 공적을 이룰 수 없었다.

신하의 의리상 자기 임금을 뒷전으로 할 수는 없다. 아! 나의 대소 신민臣民과 초야의 선비들은 각자 자신의 소회를 다 진달하여 나의 부족함을 도와달라. 나는 장단점을 따지지 않고 그 말을 모두 받아들일 것이다. 비록 도에 맞지 않는 내용이라도 그대들에게 죄를 묻지 않을 것이다. 의정부의 정승들은 나의 지극한 마음을 체찰하여 나라 안팎에 널리 효유하라."

⌊사신은 논한다⌋ 구언求言이 어려운 것이 아니라, 말을 들어주는 것이 어려운 것이다. 그런데 그 말을 들어주는 방법은 성심으로 구하는 것에 불과하다. 진실로 임금이 성심을 열고 공도

를 펴서 좋은 말을 기꺼이 듣는 실상을 평소에는 보이지 않으면, 갑자기 재변을 만나 간절한 교서를 내려 시폐를 구제하는 대책을 듣고자 한들, 누가 감히 쓰이지도 않는 무익한 말을 하여 임금의 귀를 거스렸다가 해를 당하는 일을 하려 하겠는가? 지금은 임금이 스스로 똑똑하다고 여기는 마음에서 나오는 음성과 안색이 인재를 천리 밖에서 막아버렸다. 대간臺諫은 간언의 책임을 맡고 있으면서도 입을 다무는 것을 좋은 계책으로 삼고, 재상은 좋은 의견은 아뢰고 나쁜 일은 막는 일을 주관하는 자리인데 모호한 태도를 취하는 것을 대체로 여기고 있다. 그런데 하물며 그 밖의 관원들이야 말해 무엇하겠는가?

초야의 움집에 사는 선비 가운데, 어찌 시국에 대한 소회가 있어 진언하고 싶은 선비가 없겠는가? 지난번 영남 사람 조식曺植이 구언을 인하여 상소를 하였다. 그의 의논이 남의 잘못을 들추어내고 자신은 정직하다고 말한 것이 아니었는데, 임금이 그의 말을 받아들이지 않았을 뿐만 아니라, 도리어 불충不忠하다는 것으로 배척하였다. 이 때문에 초야의 선비들은 또한 모두 말하는 것을 경계하고 있다.

지금 아침저녁으로 구언하는 전교를 내리고 있지만, 이는 공허한 한 장의 빈 종이가 될 따름이다. 입장마立仗馬[36]도 오히려 배척 당할까 두려워하는데, 경척린經尺鱗[37]을 누가 감히 건드리겠는가? 모두 입을 굳게 다물고 있어 국사가 날로 그릇되고 있다. 아! 통탄할 만한 일이다.

○ 己亥 教曰 惟四月庚寅越七日丁酉 天大雷電以雨 震我正門 以及我寶仗 惟是皇天動威 彰予不辟之罪 予用屛氣隕神 若不容于覆載之間 永思厥愆 非天用覆我國家 亦惟天仁愛予一人 予一人曷不知變于玆 圖保厥終 帝舜兪大禹曰 嘉言罔攸伏 萬邦咸寧 仲虺告成湯曰 好問則裕 自用則小 惟明君 必稽于衆 惟良臣 樂陳其善 予尙欲賴于匡救 其罔謂予不能 惟予躬 籲民之則 予不克修之 惟予心 出治之原 予不克正之 惟朝廷 四方之本 予不克淸之 惟學校 興化之根 予不克養之 惟廉恥 國之大維 予不克張之 惟賞罰 君之大柄 予不克公之 惟宮闈必嚴 女謁之私 或罔絶焉 惟刑獄必恤 捶楚之冤 或罔伸焉 惟士氣必作 雷霆之威 或罔霽焉 惟仕路必淸 苞苴之行 或罔禁焉 惟法令 必信紛更之弊 或罔革焉 惟賦役必均 誅求之煩 或罔蠲焉 念玆罪孽 實由予自作 尙何怨于天尤人 予用播告于朝 求厥愆者有年 惟含默是尙 惟疲軟是崇 亦罔或告予以言 迪予于道 予一人自荒于德 罔足與成厥功 在臣子義不後其君 咨予大小臣民 曁厥草野韋布 各盡乃懷 輔予不逮 予罔遺于長短 咸用乃言 縱不底于道 亦罔罪汝 惟爾政府 體予至懷 曉諭中外

史臣曰 求言非難 聽言爲難 聽言之道 不過以誠求之 苟非人主開誠心布公道 以樂聞之實 示信於平日 則卒然遇災 雖有惻怛之敎 欲聞救時之策 夫孰敢爲無益之言 以取逆耳之害哉 今者訑訑聲色 已拒人於千里之外矣 臺諫任言責 而以含默爲良謀 宰相主獻替 而以糊塗爲大體 況其他者乎 草野圭竇之間 豈無有懷欲言之士 而頃者嶺南人曹植 因求言上疏 其所論未必訐直 而非

徒不以聽納 反以不忠斥之 以此山野之士 亦皆以言爲戒 今雖朝夕下求言之敎 空爲一虛紙而已 立仗之馬 猶恐見斥 經尺之鱗 誰敢或嬰 箝口結舌 國事日非 吁可痛哉

≪출전≫『明宗實錄』권27, 명종 16년(1561, 辛酉) 4월 10일(己亥)

15. 사헌부가 박소립朴素立・기대승奇大升・윤두수尹斗壽의 삭탈관직을 청하다.

사헌부【대사헌 이감李戡, 집의 이령李翎, 장령 황삼성黃三省・권순權純, 지평 윤지형尹之亨・신담申湛이다.】가 아뢰기를,

"조정이 화평한 것은 국가의 복이 되고, 사림이 안정되지 않음은 성대한 세상의 상서로운 일이 아닙니다. 처음에는 매우 미세하지만 예로부터 지금까지 치란治亂의 기미는 일찍이 이런 데에서 말미암지 않은 적이 없었으니, 어찌 크게 두려워 할 만한 것이 아니겠습니까? 선을 좋아하고 악을 미워함은 인정이 다같이 여기는 바입니다. 어진 이를 보면 그와 같아지기를 생각하고, 마음이 진실로 그를 좋아하여 힘써 행하며 그만두지 않는다면 사람들 모두 착한 사람이 될 것입니다.

잘 다스려지는 세상의 진작시키고 흥기시키는 일은 항상 이 점에 대해 간절하였습니다. 그런데 풍속이 퇴폐해진 지 이미 오래되어서 사습士習이 더욱 투박해졌습니다. 명색은 착한 사람이라 하지만 실은 선을 좋아하지 않는 자가 있고, 겉모습은 장엄한 듯하나 속은 실로 무지한 자도 있습니다. 양羊의 몸에 범의 가죽을 쓰고 실정을 숨기고 명예를 구하며 무슨 일이든 못하는 짓이 없습니다. 이는 선을 행하다 생긴 잘못이 아니라, 선을 거짓으로 행하는 척하는 것입니다. 그 폐단이 부화하고 야박한 풍습으로 변해 사사로이 서로 표방하여 결탁해 붕당을 형성하고서, 인물의 선악과 시정의 잘잘못을 논의하고 있습니다. 그리하여 신진 사류들로 하여금 휩쓸려 따르게 하여 시비를 알지 못하

게 하며, 사습이 날로 그릇되고 국사가 날로 잘못되게 하고 있으니, 고담준론이 국가를 해롭게 하는 것이 심합니다.

이미 그러한 성공과 실패의 자취가 명약관화합니다. 그런데도 전에도 이를 바로잡을 줄 몰랐고, 뒤에도 이를 경계할 줄 모르고 있습니다. 일찍이 이런 풍습을 막지 않으면 어떻게 호오好惡의 바름을 밝혀 장래의 근심을 없앨 수 있겠습니까? 신들이 삼가 살피건대, 요즘 조정에는 사람에 대해 이론이 없고 일은 모두 평안하고 조용하여, 사대부들이 밝으신 전하의 교화 속에 감화되어 거의 온유돈후한 풍속을 다시 볼 수 있을 듯했습니다. 그런데 뜻밖에도 부화하고 야박한 무리들이 소란을 피우는 자취가 현저하게 생겨 여론이 격하게 일어나고 있습니다. 그 조짐을 막아 여론을 진정시켜야 합니다.

전 정랑 박소립朴素立【자질이 간결하고 담박하여 이량李樑이 그의 아들 이정빈李廷賓을 이조에 천거해 달라고 요구한 것을 처음부터 허락치 않다가 마침내 그의 미움을 샀다.】과 사정司正 기대승奇大升【들은 것이 많고 박식하여 일찍이 명망을 떨쳤다. 이량이 일찍이 그의 형 기대항奇大恒을 통해 만나보길 청했으나 끝내 찾아가지 않았으니, 그의 지조를 알 수 있다.】은 모두 부화하고 경망한 자질로 오로지 고담준론을 일삼아 신진의 영수가 되었습니다. 전 좌랑 윤두수尹斗壽가 맨 먼저 부화뇌동하여 서로 추종하고 있습니다. 이들은 국사의 시비와 인물의 장단을 모두 논평의 대상으로 삼아, 겉으로는 악을 물리치고 선을 드날린다는 이름을 표방하고 있지만, 장차 나라를 위태롭게 할 풍조를 빚을 것입니다.

행 대호군 이문형李文馨은 재상의 반열에 있으면서 스스로 근신하지 못하여 부화하고 야박한 무리들을 끌어들여 논의를 주장해서, 그의 집에 출입하는 나그네가 끊이질 않고 있습니다. 삼척부사 허엽許曄【일찍이 서화담徐花潭 선생의 문하에 출입하여 대략 학문의 방법을 알아 항상 고인을 사모하는 뜻이 간절했다.】과 과천현감 윤근수尹根壽【윤두수尹斗壽의 아우로 자질이 영리하고 독실한 행실이 있었다.】는 모두 명성을 좋아하는 자들로서 경연에 입시하였을 때 과격한 의논을 펴려고 노력하여【일찍이 야대夜對에서 기묘년(1519)의 일을 극력 진달하여 임금의 뜻을 돌려보려다 도리어 배척을 당했으니, 애석한 일이다. 그런데 지금은 임금의 뜻을 헤아리고서 애써 영합하여 모두 죄를 주자고 청하니, 그 흉악하고 간사한 짓을 하는 것이 또한 심하지 않은가?】듣는 사람들로 하여금 지금까지 의심하고 놀라게 하여 오래도록 잊지 못하게 하니, 이들 모두 죄를 주지 않을 수 없습니다.

박소립·기대승은 관작을 삭탈하여 도성 근처에 발을 붙이지 못하게 해서 분주히 몰려다니는 길을 끊으소서. 윤두수는 관직을 삭탈하고, 이문형·허엽·윤근수는 파직하소서."【처음 이량이 그의 아들 이정빈을 이조 낭관으로 삼으려 하자, 박소립·윤두수가 이조에 있으면서 처음부터 그 청을 들어주지 않아, 이 때문에 틈이 생겼다. 또 기대승이 명망이 있었으므로 이량이 그를 만나보려 했으나, 기대승이 끝내 만나주지 않았다. 이감李戡도 그의 아들 이성헌李成憲을 한림으로 삼으려 했으나, 예문관에서 추천해 주지 않았다. 그때 기대승이 예문관에 있었기 때문에 항상 원한을 품고 있었는데, 마침내 모함하여 무너뜨릴 계책을 이루게 된 것이다. 또 자신들의 하는 짓이 반드시 식자들에게 미움을 살 줄 스스로 알고서, 자기 일당과 모의해 내쫓으려 했으나 명분이 없었다. 그런데 자전慈殿(문정왕후)이 기묘년의 사류를 늘 불쾌하게 여기고 있는데다 주상도 그들을 자못 싫어하고 있음을 알고서, 마침내 '고담준론을 한다'느니, '악을 물리치고 선을 드날린다'느니 하는 말로 마구 비방하고 공격하며 장차 일망타진할 계책을 세운 것이다.】

사신은 논한다 세상 사람들은 이량의 당이 박소립 등과 작은 혐의가 있었기 때문에 중죄에 얽어 넣은 것이라고 생각한다. 그 자취는 혹 그와 근사하지만, 실은 그렇지 않다. 대체로 군자와 소인은 매양 상반되니, 향기로운 풀과 악취 나는 풀, 얼음과 숯을 한 그릇에 담을 수 없는 것과 같을 뿐만이 아니다. 그러므로 저들이 번성하면 이쪽이 쇠퇴하는 것은 정해진 이치이다. 그렇다면 혐의하거나 원한이 없을지라도 어찌 원수로 여기지 않겠는가? 소인이 시기하고 음해하는 마음이 없다면 무엇 때문에 소인이 되겠는가? 이 당시에 이량의 무리가 하는 일은 지극히 불안정하였다. 그들이 마음을 쓰는 것은 '자기들을 비난할까 두려워한다'고 말하는 데 불과했으니, 자기들과 뜻이 맞지 않는 사람은 서둘러 몰아내지 않을 수 없었을 것이다. 그런데 하물며 본디 혐의와 분개함이 있는 자들이겠는가? 이것이 바로 박소립 등이 먼저 중상을 당한 까닭이다.

지금부터 또 화를 당할 사람이 몇 이나 될지 어찌 알겠는가? 심하구나, 이량의 어리석음이여. 그가 일찍이 심의겸沈義謙을 질책하며 "너는 박소립·기대승·윤두수와 무슨 연유로 잘 지내는가? 이문형李文馨이 너를 동방의 성인이라 한다는데, 네가 과연 성인인가?"라고 하였다. 이로써 본다면, 이량의 질시하고 원망하는 마음은 박소립 등에게만 있는 것이 아니라, 심의겸에게도 감정이 없지 않았던 것이 분명하다.

그리고 거사를 일으킨 초기에 기필코 중죄로 다스리려 하여, 장차 을사년(1545)의 일을 가지고 모조리 얽어 넣으려 하였다. 그런데 심의겸이 애써 구원한 덕에 죄가 여기서 그쳤으니, 그 또한 다행한 일이다. 애초 이 일이 야기된 발단은 실로 윤백원尹百源이 윤원형과 이량의 말을 가지고 양쪽 사이를 드나든 데서부터 비롯되었는데, 심통원沈通源이 또한 대부분을 주도했다. 아, 기묘년의 일을 아직 전하께 드러내 아뢸 수 없는데, 도리어 사람을 잡는 덫과 함정이 되고 있으니, 통탄할 일이다.

라고 하니, 아뢴 대로 하라고 답하였다.

【임금의 명이 내리자, 사림士林이 깜짝 놀라고, 도성이 뒤숭숭했다. 이감 등이 이 논계를 올린 것은, 이량이 주동이 된 것이다. 이량이 외척이라는 이유로 높은 벼슬자리에 올라 화복禍福과 생사여탈의 권한을 그의 손에 쥐고 있지만, 사림은 그를 비루하게 여겼다. 조금이라도 지식이 있는 사람이면 모두 그에게 침을 뱉고 돌아보지 않았다. 그래서 이량이 사림에게 늘 앙심을 품고 있었다.

그의 집에 출입하는 자들은 위엄을 두려워하고 화를 무서워하거나 교묘한 말과 아양떠는 얼굴빛으로 아첨하는 무리가 아니면, 이익을 좋아하고 남의 것을 취하는 데 몰염치한 자들이었다. 이감도 흉악하고 괴팍스런 자질로 주상의 유모를 어머니처럼 섬기고 윤원형을 상전처럼 섬겼다. 그래서 청현직에 올랐다. 다시 이량과 심복 관계를 맺어 그 권세가 불꽃처럼 치성하자, 사림이 그를 비루하게 여기고 미워하기를 이량과 똑같이 했다. 그 또한 일찍이 이를 분하게 여기고 있었으며, 끝내 용납되지 못할 것을 알고서 밤낮으로 패거리를 모아놓고 모의하고 획책하였다.

그들이 사림을 쓰러뜨릴 방법을 도모한 것이, '사림의 뿌리로는 이황李滉 · 조식曺植보다 더한 이들이 없으니, 점차 그 뿌리를 모두 제거한 뒤에라야 우리가 마음대로 할 수 있을 것이다.'라고 생각하고서, 우선 이번에 몇 사람을 시험삼아 내쫓은 뒤, 장차 그 흉악한 계책을 멋대로 펼 셈이었다.

이에 앞서 이감 등이 회의를 할 적에, 이중경李重慶 · 김백균金百均 등과 당파 사람들이 다 모였는데, 이감의 생각에는 죄명을 크게 뒤집어 씌워 모두 죽여서 한 차례 사림을 쓸어버리려 했다. 그러나 당파 사람들이 그럴 명분이 없음을 걱정하였다. 그러자 잠시 후 이감이 일어서서 서성이다 도로 앉으며 말하기를 "그대들이 내 계책을 쓰지 않았다가 나중에 후회하게 될 것이다."라고 하였다. 그러고서도 죄를 뒤집어씌울 명분을 찾지 못했기 때문에 '고담준론을 하여 조정을 평안하지 못하게 한다'는 죄명을 만들어 주상의 귀를 속인 것이다.】

○ 癸亥 憲府【大司憲李戡 執義李翎 掌令黃三省權純 持平尹之亨申湛】啓曰 朝廷和平 爲國家之福 士林不靖 非盛世之瑞 始雖甚微 而古今治亂之幾 未嘗不由於此 豈不大可畏哉 夫好善而惡惡 人情所同然 見賢思齊 心誠好之 力行而不已 則人皆可以爲善類矣 治世之振作興起者 常切於此 而俗季已久 士習益偸 名爲善類 而實非好善者有之 外若色莊 而內實悾悾者有之 羊質而虎皮 矯情而干譽 無所不至 此非爲善之過也 爲善之假 而其流之弊 轉爲浮薄之習 私相標題 結爲朋比 臧否人物 論議時政

使新進之士 靡然從之 莫知其是非 馴致於士習日誤 國事日非甚矣 高談之害人國家也 已然成敗之跡 明若觀火 而前不知懲後不知戒 若不早爲防閑 則其何以明好惡之正 絶將來之患乎 臣等伏見 邇來朝著之間 人無異論 事皆寧靜 士大夫相忘於聖明陶鑄之中 庶幾復見溫柔敦厚之風 而不意浮薄之徒 顯有不靖之跡物論激發 所當杜漸鎭定 前正郎朴素立【資禀簡淡 李樑求薦子廷賓於銓曹 而初不肯許 遂以見忤】司正奇大升【多聞博識 夙擅名望 李樑嘗因其兄奇大恒 要與相見 而終不往 其操守可知矣】俱以浮妄之資 專以高談爲事 爲新進領袖 前佐郎尹斗壽 先事附會 互相追隨 國事是非 人物長短 盡入評品之中 外假激揚之名 將釀傾危之俗 行大護軍李文馨 身在宰相之列 不自謹愼而引進浮薄之徒 主張論議 門下之客 出入不絶 三陟府使許曄【曾遊於花潭徐先生之門 粗知爲學之方 常切慕古之志】果川縣監尹根壽【斗壽之弟也 資禀穎悟 且有篤實之行】皆以好名之人 入侍經幄之時 務爲過激之論【嘗於夜對 極陳己卯之事 冀回天聽 而反被疎斥 可勝惜哉 今者揣度上意 而務爲進合 請竝罪之 其爲兇邪 不亦甚乎】使聽聞之人 至今疑駭 久而不息 亦不可不竝罪之 請朴素立奇大升 削奪官爵 使不得接跡都下 以絶奔趨之路 尹斗壽 削奪官爵 李文馨許曄尹根壽 竝罷職【初李樑欲以其子廷賓 薦爲吏曹郎僚 朴素立尹斗壽 時在吏曹 初不肯從以此嫌憤 且以奇大升有時望 欲見之 大升終不見焉 李戡又欲以其子成憲爲翰林 翰苑不薦之 以大升時在翰苑 常懷憤怨 遂成傾陷之計 且自知所爲 必爲識者所賤惡 乃與其黨 謀欲去之 而無

名焉 以慈殿常不快於己卯士類 而主上亦頗厭之 誣以高談激揚極其詆斥 將爲網打之計】

史臣曰 世以爲李樑之黨 與朴素立等 因有小嫌 而構陷重罪其跡雖或近之 其實則不然也 大抵君子小人之每每相反 不啻若薰蕕氷炭之不同器 故彼盛此衰 理所然也 然則雖無嫌怨 豈不爲仇敵乎 若使小人 無忮害之心 則何故而爲小人乎 當此之時 樑黨所爲之事 極爲不靖 而其所用心 不過曰懼其議已也 則其於異己之人 不可不汲汲排擯 況於素有嫌憤者乎 此素立等之所以先被其中傷 而自今以往 又安知其復有幾人哉 甚矣 樑之愚也 嘗責沈義謙曰 汝與朴素立奇大升尹斗壽 何由而善乎 李文馨謂汝爲東方聖人 汝果爲聖人乎? 以此觀之 樑之疾怨之心 不徒在於素立等 而其不能無憾於義謙 亦明矣 且於擧事之初 必欲置諸重典 將以乙巳之事 羅織成之 而賴義謙之力救 罪止於此 其亦幸矣 厥初惹起之端 實由於尹百源 將尹元衡李樑之說 交遊於兩間而沈通源亦多主之 嗚呼 己卯之事 尙未能暴白於聖明之下 反爲陷人之機穽 可勝慟哉

答曰 如啓【命出 士林愕然 都下洶懼 戡等之爲是啓者 李樑爲之主也 蓋樑雖憑戚里之親 得躋崇顯之秩 威福與奪 亦在其手而士林鄙之 少有知識者 皆唾而不顧 以此樑憤嫉士林 其出入門下者 非畏威怵禍諂言令色之人 則皆耆利無取之流也 戡亦以兇險傾詖之資 母事上之乳媼 奴顏元衡 得以揚歷清顯 而復與樑結爲心腹 故勢焰熾赫 而士林之鄙惡 與樑均焉 亦嘗怨懟 知其終不爲所容 日夜聚其同類 謀議揣度 圖所以傾陷之者 以爲士林之

根柢 莫如李滉曺植 將漸而盡去根柢 然後吾等得以大肆 而先之以此數人者 姑試之 而將肆其兇奸也 先是 戩等之會議也 李重慶金百均等及他諸人俱在 戩之意 欲大構罪名 斬刈一空 諸黨患其無名 有頃戩起 旋而還曰 諸公若不用吾計 恐有後悔云 然而求之無名 故題爲高談不靖之罪 而誣上聽焉】

≪출전≫『明宗實錄』권29, 명종 18년(1563, 癸亥) 8월 17일(癸亥)

16. 징사徵士 성수침成守琛이 졸하다.

징사 성수침이 졸하였다. 그의 자는 중옥仲玉, 본관은 창녕昌寧이다. 태어나면서부터 자질이 아름다웠다. 그는 어릴 적부터 의젓한 모습이 마치 성인 같았다. 천성이 지극히 효성스러워 사람들이 그를 '효성스런 아이[孝兒]'라고 불렀다. 글을 읽을 줄 알면서부터는 과정을 정하고 뜻을 돈독히 하여 밤낮으로 게을리하지 않았다. 부친상을 당해서는 아우 성수종成守琮과 함께 예제禮制에서 벗어나도록 지나치게 슬퍼하였으며, 죽만 먹으면서 삼년상을 마쳤다. 어떤 나그네가 그가 사는 여막을 지나다 그의 효성에 감동하여 시를 지어 주고 갔는데, 그 시는 다음과 같다.

성씨 집안에 두 아들이 있는데,	成門有二子
효행이 제 아비를 이어받았네.	孝行繼家君
죽만 먹자 그 효성이 해에 뻗히고,	啜粥誠橫日
분향할 때 곡소리는 구름을 뚫었네.	焚香哭徹雲
아침저녁으로 신주 앞에 상식 올리고,	禮神朝與夕
새벽과 저녁에는 묘에 나가 알현하네.	謁墓曉兼曛
주자의 가례를 한결같이 따르는 일,	一法朱門制
오늘날 이들에게서 처음 보는구나.	當今此始聞

이 시를 지은 사람이 끝내 누구인지 알지 못했다. 삼년상을 마치고 난 뒤에도 매번 기일忌日이 되면 열흘 전부터 재계齋戒를

하였는데, 초상 때처럼 애통해 하였다. 아침저녁으로 사당에 배알하였으며, 밖으로 나아갈 때나 돌아왔을 때 반드시 사당에 고하였다.

형제가 조광조趙光祖 문하에서 함께 배워 모두 중망이 있었다. 동생 성수종은 청렴결백하고 영특하였는데 악을 미워하는 점이 너무 지나쳤다. 성수침은 후덕하고 독실하며 침착하고 굳세고 온화하고 순수하였다. 태학의 유생들이 그의 효행을 조정에 상소하려 하자, 그들 형제와 함께 공부했던 현 영의정 상진尙震이 그 당시 성균관에서 근무하고 있었는데 그 상소를 저지하며 말하기를, "그들 형제는 학문에 힘쓰는 선비다. 원대한 경지에 이를 것이니, 한 가지 선행善行을 한다는 이름을 일찍 세상에 알려서는 안 된다."고 하여, 상소를 올리려던 일이 중지되었다.

기묘년(1519) 조정에서 지치至治를 일으키려 할 때, 종유하던 선비들 중에 명성이 너무 성대한 사람이 있었다. 그러자 성수침은 유독 먼저 그 점을 우려하였다. 기묘명현들이 화를 당한 사화가 발생하자, 그는 세상과 함께 부침浮沈할 수 없음을 스스로 판단하였다. 그리하여 과거공부를 포기하고 백악산白嶽山 밑의 집 뒤에 두어 칸의 집을 짓고서 '청송당聽松堂'이란 현판을 달았다. 문을 닫고 출입하지 않은 채 혼자 방안에 앉아 날마다 성인의 가르침을 암송했다. 주돈이周敦頤의 「태극도太極圖」로부터 정자程子·주자朱子의 책에 이르기까지 모두 손수 다 베껴가면서 의리를 깊이 탐구하였는데, 속된 생각에 마음을 쓴 적이 없었다.

중종 신축년(1541) 유일遺逸로 천거되어 후릉 참봉厚陵參奉[38]

에 제수되었는데, 사은숙배만 한 뒤 그 직임에 나아가지 않았다. 그리고 어머니를 모시고 파평坡平 산 밑의 우계牛溪 가로 이사하였다. 식량이 자주 떨어질 정도로 가난하였으나, 반찬을 갖추어서 모친을 봉양했다.

지금 임금 임자년(1552)에 다시 조식曺植·이희안李希顔·성제원成悌元·조욱趙昱 등과 함께 임금의 부름을 받고 특별히 6품직에 세수되었다. 천거된 사람 모두 지방의 현감에 보임되었는데, 성수침은 천거된 사람 가운데 실로 첫 번째였다. 그래서 조정에서는 그가 관직에 부임하기를 바라 세 번이나 고을을 바꾸어 가며 임명했지만, 그는 끝내 모친 병환을 이유로 부임하지 않았다. 그 해 그의 모친이 세상을 떴는데, 당시 성수침의 나이는 60세였다. 지나치게 슬퍼하다가 병을 얻었는데, 발병하면 반드시 기절하곤 하였다. 그런데도 삼년 동안 여묘살이를 하였다.

그는 "우리나라의 풍속에 묘제墓祭의 법은 사당종법祠堂宗法의 제도만 못하여 절기에 자손들이 돌아가며 마련하는 제물이 혹 정결하지 못한 경우도 있다. 세대가 점점 멀어지면 제사를 폐지하는 데 이르게 될 것이다."라고 하고는, 선영에 토지와 관리인을 넉넉히 두게 하였다. 또 묘소 아래에 집을 지어 제기를 보관하는 방과 곡식을 보관하는 창고와 음식을 마련하는 찬청饌廳을 설치하고, 또 재계하는 방을 따로 마련하였다. 이처럼 모든 기물과 용도를 친히 만들어서 묘제의 법식을 세웠다. 어떤 사람이 "그 법식이 너무 지나쳐서 폐지될까 염려됩니다."라고 하자, 답하기를 "나로부터 하는 일인지라 이와 같이 하는 것입니다."

라고 하였다.

경신년(1560) 임금의 특명으로 조지서 사지造紙署司紙[39]에 제수되었다. 당시 수상이었던 상진이 그에게 조정에 나와 사은숙배하도록 권하며 말하기를 "은혜로운 명령이 임금의 충심에서 나온 것이니, 나오지 않을 수 없네."라고 하였으나, 성수침은 이미 늙고 병든 상태여서 답서에 "정경程瓊이 문립文立을 천거하지 않은 것은, 그의 본래 성품이 겸손하고 퇴처하려는 데다 나이가 80세나 되어 그 시대 여망에 부응할 수 없음을 알았기 때문일세. 그대는 나를 모르는 사람이 아니지 않은가."라고 하고는, 끝내 나오지 않았다.

최근 병이 위독해지자, 아들에게 훈계하고 또 염습斂襲과 치상治喪에 대한 예절을 일러주었다. 그리고 말하기를 "죽고 사는 것은 떳떳한 이치이다. 한번 죽음을 맞이하는 일은 참으로 쉬운 일이다."라고 하고서, 옷을 갈아입고 잠자리에 들더니 그대로 졸하였다.

집안 살림이 가난하여 장사를 치를 수 없었다. 마침 사간원에서 아뢰기를 "성수침에게 처음 유일로 관직을 제수했으나 병을 핑계로 사양하였고, 끝까지 관직에 나아가지 않고는 문을 닫고 자신의 뜻을 구했습니다. 옛날의 도를 힘써 행하다가, 72세의 나이로 끝내 곤궁하게 살다 죽었습니다. 이 사람은 한 나라의 훌륭한 선비[善士]이자, 당대의 일민逸民이라 할 수 있습니다. 가엽게 여기시는 은전恩典을 베풀어 국가에서 어진 이를 높이고 노인을 공경하는 뜻을 보이게 하소서."라고 하니, 임금이 그 말을 가

상하게 여겨 받아들였다. 곧바로 곽槨 1부部를 하사하고, 이어 본도에 명하여 쌀과 콩도 필요한 만큼 지급하게 하고, 일꾼도 조달해 장례 도구를 갖추어 돕게 하였다.

병인년(1566) 임금이 경전에 밝고 행실이 잘 닦여진 선비를 불러들이려 할 때, 성수침을 생각하고 특별히 추급 장려하여 중직대부中直大夫 사헌부 집의司憲府執義에 증직하였다. 모두 근세에 없었던 은전이다.

성수침의 사람됨은 타고난 재주가 매우 고상하였으며, 충신忠信하고 독실하며 후중厚重하고 관대하였다. 훤칠한 키에 골격이 빼어났으며 풍모가 우뚝하여, 바라보면 충만하게 보여 누구라도 덕성이 있는 군자임을 알 수 있었다. 그의 뜻은 담박함[沖澹]을 숭상하고 달리 좋아하는[嗜好]하는 것이 없었다. 그의 학문은 자기 몸에 돌이켜 자신에게 절실히 하는 것으로써 선무를 삼았다.

일찍이 학자들에게 이르기를, "도란 큰길과 같다. 성인의 가르침이 분명한데, 어찌 알기 어렵겠는가? 귀한 것은 힘써 배워 지식을 실행하는 데 있다. 말로만 하는 학문은 모두 현실의 일을 구제할 수 없다. 성인의 문하에 총명하고 영특한 사람이 많지 않은 것은 아니지만, 끝내 그 도를 전한 자는 노둔한 증자曾子뿐이었다."라고 하였다. 또 항상 『소학小學』을 사람들에게 권하며 말하기를, "수신의 큰 요점이 모두 이 책에 들어 있다. 이 책을 읽지 않으면 집에서 무엇으로 어버이를 섬기며, 조정에 나가서 무엇으로 임금을 섬기겠는가?"라고 하였다.

평소 일상 생활은 담박하게 자신을 지키며, 비단옷은 몸에 걸치지 않았다. 보통 사람들의 심정으로는 견디기 어려운 일이지만 그는 스스로 즐겁게 생각했다. 친척 중에 곤궁한 자가 있으면 반드시 재산을 기울여 구원해 주었고, 심지어 벗과 형제들에게 노비를 나누어주면서도 조금도 어려워하는 기색이 없었다. 남의 한 가지 선한 일을 들으면 문득 감탄하고 사모하며 간과하지 않았고, 남의 과실을 보면 곧바로 배척하지 않고 은미한 뜻만을 보여 스스로 깨닫게 하였다.

언어나 처사에 있어서는 규각圭角이 드러나지 않았지만, 의리로 결단하는 데 이르러서는 극히 삼엄하여 누구도 범할 수 없는 점이 있었다. 어떤 서생이 자기 선조의 묘갈墓碣을 써달라고 청하자, 성수침은 묵묵히 훑어보더니 한참 뒤에 "이것은 이계전李季甸[40]이 지은 것이다."라고 하였다. 유생이 "이계전은 어떤 사람입니까?"라고 묻자, 성수침이 답하기를, "허후許詡[41]의 전傳에 이 사람이 있다."고 하니, 그 서생이 깨닫고 감히 다시 청하지 못했다. 그가 남을 미워하지 않았지만, 엄격함이 이와 같았다. 그의 미간을 바라보면 비루하고 인색한 마음이 저절로 사라진다. 어진 이나 불초한 사람이나 막론하고 그를 공경하고 사모하지 않는 자가 없었다.

도서圖書가 가득한 방에 단정히 혼자 앉아 지냈다. 세상사에는 아무 뜻이 없는 것 같았지만, 시사에 대한 감격과 나라에 대한 걱정은 그의 지극한 마음에서 나온 것이었다. 천성이 술을 좋아하지는 않았으나, 조금 취하면 문득 높이 소리로 읊조렸는데

음운音韻이 집안에 가득하여 화기를 느낄 수 있었다. 문장을 달갑게 여기지 않았으나 산중 생활을 읊조리면 시의 의미가 그윽하고 원대하여 수식이나 일삼는 자들이 미칠 수 있는 경지가 아니었다. 평소 도연명陶淵明의 사람됨을 사모하여 그의 시를 즐겨 보았는데, 시대를 초월하여 서로 공감하는 마음이 매번 있었다. 일찍이 자신을 노래한 시에 "그 얼굴은 비쩍 말랐고, 그 모습은 고인 같구나. 나이 마흔이 넘었는데, 아직 포의를 걸친 사람. 처음 그 마음 물들지 않았으니, 평생토록 어기지 말자구나."라고 하였다.

일찍이 김안국金安國이 어떤 사람과 성수침의 사람됨을 논하였다. 그 사람이 "그는 '목숨 걸고 도를 지키며 도를 능히 선하게 여긴다.[守死善道]'[42]는 말에 해당될 사람입니다."라고 하자, 김안국이 "어디 그와 같을 뿐이겠습니까?"라고 하였다. 상진尙震은 매양 사람들에게 "중옥仲玉[43]은 덕을 갖춘 선비입니다."라고 하였다. 명나라 급사중給事中 위시량魏時亮이 조서詔書를 받들고 우리나라에 왔을 때, 우리나라 인물에 대해 듣고 싶어하였다. 이에 성수침의 행실과 의리를 써서 그에게 준 적이 있다. 이를 보면, 그가 한 시대에 추중推重을 받은 것에 대해 아무도 이의가 없었음을 알 수 있다. 그러니 '일민逸民'이라 일컬어도 참으로 부끄럽지 않은 것이다.

그는 젊었을 때 조식曺植과 벗하였다. 뒤에 조식이 올린 사직소辭職疏의 말이 너무 격렬한 것을 보고서 "오랫동안 건중建仲[44]을 만나지 못해 이제는 모난 성품이 원만해졌으리라 생각했다.

지금 이 상소를 보니, 칼날이 너무 드러나 있다. 공부를 한 것이 오히려 아직 완숙하지 못하니 실천해 나가는 경지를 알 것 같다."고 하였다.

파평坡平에 살았기 때문에 호를 '파산청은坡山淸隱'이라 했다. 뒤에 '우계한민牛溪閑民'으로 고치고서 "나를 청은淸隱이라고 할 수 있겠는가?"라고 하였다. 사림에서는 '청송 선생聽松先生'이라 불렀다. 그의 필적이 고아古雅하여 세상에서 진귀하게 여겼다. 아들 성혼成渾은 가정에서 교육을 받고 선친의 뜻을 잘 이어서 학문에 힘써 게을리 하지 않는다. 그리고 효행도 있어 바야흐로 행의行義로 이름이 알려져 있다.

○ 徵士 成守琛卒 字仲玉 昌寧人 生而質美 自在孩幼 儼若成人 天性至孝 人以孝兒稱 及知讀書 程課篤志 晝夜不懈 遭父憂 與弟守琮 哀毁踰禮 啜粥終喪 有客過其廬 感其誠孝 投詩而去 其詩曰 成門有二子 孝行繼家君 啜粥誠橫日 焚香哭徹雲 禮神朝與夕 謁墓曉兼曛 一法朱門制 當今此始聞 竟不知其爲誰也 服闋之後 每値忌日 猶先旬致戒 慟若初喪 朝夕謁廟 出入必告 兄弟同遊趙光祖門下 俱有重名 而守琮淸潔英特 疾惡太過 至於渾厚敦實 沈毅和粹 則守琛有焉 太學生將疏其孝行於朝 領議政尙震 兄弟同榻之友也 時居上序止之曰 某兄弟 力學之士也 將致遠 不可使一善之名 早聞於世 事不果上 己卯年間 朝廷將興至治 相從之士 亦有聲聞大盛者 守琛獨先憂之 及名流禍作 自度不能與世俯仰 遂棄科業 結屋數間於白嶽山下家園之後 扁堂

曰聽松 杜戶不出 獨處其中 日誦聖人之訓 自太極圖 以至程朱之書 咸手寫 玩索義理 而未嘗以俗念經心 中廟辛丑 擧遺逸 授厚陵參奉 謝恩而不赴職 侍母歸坡平山下牛溪之側 雖屢空而奉養備至

及今上壬子 復與曹植李希顔成悌元趙昱同徵 特授六品官 皆補外縣 而守琛實膺薦首 朝廷冀其赴官 至易三縣 竟以母病不赴 是歲母卒 守琛時年六十 哀毁致疾 發必氣絶 而猶居墓三年 且謂國俗墓祭之規 不若祠堂宗法之制 節時 子孫輪辦奠具 或不精潔 至於浸遠 則馴致廢祀 乃於先塋 優置田民 構屋墓下 藏器有室 收穀有庫 設廳具饌 立房致齋 凡百器用 親加規畫 以立墓祭之法 或言其過厚 恐將廢弛 答曰 爲之自我者 當如是

庚申 上特命授司紙 時尙震爲首相 勸使來謝曰 恩命出於上衷 不可不來 守琛時已老病 其復書曰 程瓊不薦文立 知其素性謙退 年垂八十 無復當世之望故也 予非不知我者耶 竟不起 至是 病革 戒諭其子 且授以斂襲治喪之禮 乃曰 死生常理 一遭歸盡 良是易事 遂更衣就寢而卒 家貧 將不克葬 會諫院啓曰 成某初以遺逸授職 謝以身病 終不之官 杜門求志 力行古道 行年七十有二 卒以窮約而死 斯可謂一國之善士 當代之逸民 宜加恤典 俾示國家尊賢敬老之意 上嘉納之 卽賜槨一部 仍命本道 量支米豆 調出役夫 備助襄事之具

丙寅 上將徵經明行修之士 乃思守琛 特命追奬 超贈中直大夫司憲府執義 皆近世未有之典也 爲人天分甚高 忠信篤實 厚重寬弘 長身秀骨 風度偉然 望之充盈 知其爲德性君子也 志尙

沖澹 無所嗜好 其學以反躬切己爲務 嘗謂學者 道若大路 聖訓昭然 夫豈難知 貴在力學 以實其知 言語之學 都不濟事 聖人之門 聰明英邁 不爲不多 而卒傳其道 乃魯鈍曾氏子耳 每以小學勸人曰 修身大要 盡在於此 不讀是書 則居家何以事親 立朝何以事君乎 平居日用 以淡泊自守 絹紬之屬 不以掛體 雖常情所不堪 而方且自以爲樂 親戚貧窮 必傾財周急 至以臧獲 分與朋友兄弟 略無難意 聞人一善 輒嘆慕不置 見人有過 未嘗直斥 惟示微意 使知自化 言語處事 不露圭角 而至於斷以義理 則有凜乎不可犯者

有一生 請書其先祖墓碣 守琛默閱良久曰 這是李季甸所撰也 生曰 季甸何如人也 曰 許詡傳 有此人 其生乃悟 不敢復請 其不惡而嚴如此 觀其眉宇 鄙吝自消 人無賢不肖 莫不敬而慕之 圖書一室 塊然獨處 若無意當世 而感時憂國 出於至情 性雖不飮 微醺 輒高吟 音韻滿室 和氣可掬 不屑意文藻 而吟詠山居 詩意幽遠 有非彫篆者所及 平生 悅陶靖節之爲人 喜觀其詩 每有曠世相感之意 嘗自贊曰 其容枯槁 其貌亦古 行年四十 猶一布衣 初心不駁 終始無違 金安國嘗與人論守琛 其人曰 可當守死善道 安國曰 如斯而已乎 尙震每謂人曰 仲玉 成德之士也 大明給事中魏時亮 奉詔本國 求聞我國人物 乃疏守琛行義以應之 其取重一世 人無異辭可知 而逸民稱之 誠不愧矣

少與曺植友 見其辭職疏 言甚激發 乃曰 久不見建仲 謂已圓滑 今見此疏 鋒鋩太露 做功猶未盡熟也 則踐履所到 孰可知矣 自居坡平 因號坡山淸隱 後改爲牛溪閑民曰 吾得謂之淸隱乎 士

林猶稱聽松先生 其筆跡古雅 亦爲世珍玩 子渾承訓家庭 克紹先志 力學不怠 有孝行 方以行義知名

≪출전≫『明宗實錄』권29, 명종 18년(1563, 癸亥) 12월 26일(庚午)

17. 대사헌 김귀영金貴榮 등이 상소하다.

대사헌 김귀영金貴榮 등이 상소하기를,

"신들이 전하께서 즉위한 이후를 삼가 보건대, 깊은 못 가에 임하고 얇은 얼음을 밟듯이 조심하여 능히 스스로 억제하고 두려워하면서, 안으로는 몸을 닦아 덕을 크게 잃음이 없고, 밖으로는 나라를 다스려 크게 그르친 정사가 없습니다. 그런데도 하늘은 재앙을 내리는 것을 그치지 않아, 세자世子가 요절하였습니다. 재앙이 거듭 닥쳐 목숨을 잃고 혼란스러운 일이 매우 많습니다. 음력 10월 초겨울에 천둥과 번개가 치고 비가 내리며, 대지가 꽁꽁 얼어붙는 한 겨울에 짙은 안개가 사방에 가득 찹니다. 심지어 별들의 괴이한 현상이 천문天文에 자주 나타나고, 산야에 사는 짐승이 도성에 모여드니, 【이때 호랑이와 이리가 도성에 멋대로 다녔다.】 이 무슨 놀라운 변괴가 정사에 부지런히 힘쓰는 때에 일어나 전하에게 걱정을 끼친단 말입니까?

전하께서 하늘의 경고를 자신의 잘못으로 자책하고, 가슴아프게 여기는 전교를 내리면서 기탄 없는 직언 듣기를 바라시니, 온 나라의 신민들이 누군들 감격하지 않겠습니까? 그러나 몇 달이 지나도록 충직한 선비가 우뢰 같은 임금의 위엄을 범하고 극형을 당할 위험을 잊고서, 임금의 잘못된 거동을 곧바로 지적하고, 조정의 잘못된 정사를 다 진술했다는 말을 들어보지 못했습니다. 이것이 어찌 벼슬아치들은 모두 아첨하는 무리들이고, 초야에 있는 사람 중에 수양한 사람이 하나도 없어서 그러한 것이겠습니까?

지난번 시골에 사는 한 신하가 하지 말아야 할 말을 잘못 꺼내 전하의 위엄을 범하자 너그럽게 용납하지 못하고 엄한 말로 꾸짖었으며, 【조식曺植의 상소를 가리킨다.】 귀와 눈에 해당하는 관원이 한 차례 탄핵하는 글을 올려 직언하자, 채택하지 않고 싫어하는 뜻을 보이셨습니다.

임금이 스스로 잘난 체하는 것만으로도 간언을 막기에 충분한데, 지엄한 전하의 위엄 아래서 누가 말을 다할 수 있겠습니까? 사람마다 장마仗馬의 경계[45]를 가슴에 품고 금인金人의 침묵[46]처럼 습관이 되어, 전하의 뜻에 순종해 '예, 예'라고 하는 말이 날마다 좌우에서 나오고, 기탄 없이 간쟁을 하는 말은 날마다 천리 밖으로 멀어지고 있습니다. 이는 성대한 세상의 아름다운 일이 전혀 아니니, 어찌 식자들의 걱정이 없겠습니까? 현재의 일 중에는 말할 만한 것이 많지만, 우선 지금의 급한 병통만을 조목조목 진술하겠습니다. 〈이하 생략〉"

라고 하였다.

○ 癸丑 大司憲金貴榮等上疏 其略曰 臣等伏覩 殿下卽位以來 臨深履薄 克自抑畏 內而修身 無甚失德 外而爲國 無大闕政 然而天不悔禍 前星告凶 災孽荐榛 喪亂弘多 閉塞之月 雷電以雨 沍陰之節 沈霧四塞 至於星宿之妖 屢現天文 山野之獸 坌集都城【時 虎豺恣行都城】是何可愕之變 發於勵政之日 以貽殿下之憂勤乎 殿下以天之譴告 引以歸之於己 至下惻怛之敎 冀聞謇諤之言 一國臣民 孰不感激 然而數月以來 未聞有忠直之士 犯雷霆之威 忘鼎鑊之危 直斥君擧之過 悉陳朝政之失 是豈搢紳之間 擧皆諂諛之徒 巖穴之中 一無藏修之輩而然也 往者草萊之臣 誤犯觸諱之語 則不假優容 而責以嚴辭【指曺植之疏】耳目

之官 一進彈文之直 則不見採錄 而示以厭意 訑訑之色 足以拒諫 萬鈞之下 誰得以盡言 人懷仗馬之戒 習成金人之默 唯唯之說 日進於左右 諤諤之諍 日遠於千里 殊非盛世之美 豈無識者之憂乎 方今之事 可言者 多矣 姑以時病之急者 而條陳焉

≪출전≫『明宗實錄』권30, 명종 19년(1564, 甲子) 2월 10일(癸丑)

18. 양사兩司에서 여론이 격분함을 아뢰다.

양사兩司[47]가 아뢰기를,

"예로부터 소인이 조정에 있을 적에는 위엄과 복을 마음대로 휘두르고, 죄가 나라를 그르치는 데 있었습니다. 그리하여 공론이 일어나게 되면, 조정의 상하 신료들이 그들의 죄상을 환히 알게 되니, 형벌을 받고 처형되지 않은 자가 없었습니다. 이 어찌 위엄과 복은 마음대로 휘둘러서는 안 되고, 죄가 나라를 그르치는 데 있으면 국법을 피하기 어렵다는 것이 아니겠습니까?

지난날 이량의 죄는, 당초 죄를 청하던 날의 계사啓辭에 갖추어져 있으니, 지금 일일이 다 거론할 수 없습니다. 그는 간사한 소인을 끌어들이고 당여黨與를 널리 심어 온 나라의 권한이 그의 손아귀에 있었습니다. 그래서 위로는 임금을 속이고 아래로는 조정을 제어하며, 사림을 모함하고 조정을 어지럽혔습니다.

시험삼아 그의 참람한 일을 말하자면, 일찍이 그가 평안도에 있을 적에 붉은 비단옷을 겉에 입고 열읍列邑을 순행巡行하자, 보는 사람이 모두 놀랐습니다. 그 집안의 거처와 복장도 지극히 참람하였습니다. 임금을 무시하고 위엄과 복을 마음대로 휘두른 죄는 옛날에도 이 자에게 비길 자가 드뭅니다. 그런데 당초 중형으로 죄를 주지 않고, 귀양을 보내라고만 하셨습니다. 성은聖恩이 매우 관대한 반면, 여론은 더욱 분격하고 있습니다. 〈중략〉

이 사람들의 죄는 당초 경중이 마땅함을 잃었기 때문에 공론과 여론이 오래될수록 더욱 격분하는 것입니다. 진실로 이 일은 지엽적인 것으로 다스려서는 불가하기에 감히 아뢰지 않을 수 없습니다."

【이랑은 거칠고 비루하며 어리석고 망령되어 본디 자신을 단속하는 행실이 없었다. 사류들이 자기를 허여하지 않는 것을 미워하여 외척을 빙자해 권력을 제멋대로 부리며 교만 방자하였다. 그리고 당시의 간사하고 무뢰한 무리들과 결탁하여 요직에 배치하고서 관작과 옥사를 팔았다. 거만하게 스스로 거드름을 피우며 한결같이 윤원형尹元衡이 하는 짓을 본받으니, 윤원형이 매우 꺼렸다. 그러나 끝내 그를 무너뜨리지 못하고, 도리어 곤경을 당했다. 계해년(1563) 그의 아들 이정빈李廷賓을 정시庭試에 장원으로 합격시킨 뒤 몇 달만에 병조 좌랑에 제수하고, 또 얼마 되지 않아 이조 좌랑으로 삼았다. 그가 체직되자 억지로 유영길柳永吉을 천망하여 대신하게 하였다. 정랑 박소립朴素立과 좌랑 윤두수尹斗壽 등이 따르려 하지 않자 이랑의 당여들이 몹시 노하여 윤원형·심통원沈通源과 모의하고 이감李戡을 사주하여 박소립·기대승奇大升·윤두수·이문형李文馨 등을 '청담淸談으로 나라를 그르친다'고 지목하였으며, 허엽許曄·윤근수尹根壽 등이 죄인을 신구伸救하였다고 아울러 논하여, 관직을 삭탈하고 성밖으로 내쫓기를 청하였다.

그리고 이로 인해 한 시대의 명사를 다 죽이고자 하여, 이미 그 성명을 몰래 기록해 놓았는데 모두 40여 인이나 되었다. 이를테면 초야에 물러나서 병을 요양하는 이황李滉이나 시골에서 농사를 지으며 살아가는 이항李恒·조식曺植 같은 사람은 모두 원한이 없는데도 화를 면하지 못하게 되었다. 그들이 논쟁하기 전에 기대항의 탄핵으로 이랑과 그 당여가 죄를 얻어 유배되었다. 그러나 윤원형·심통원의 죄악은 사람들이 감히 말하지 못하였다. 이랑의 당여로서 고맹영高孟英·이언충李彦忠 같은 사람은 홍인경洪仁慶의 극력 구호로 매우 가벼운 벌을 받아 인심이 불평하였고, 그 외에도 이와 같은 자가 또한 많았다. 그 뒤에 '이랑이 다시 임용된다'고 거리에 자자하게 전해지자, 유식한 사람은 이를 근심하였다. 이때 와서 사면령을 반포한 뒤, 은전을 널리 베풂으로 인하여 이중경을 서용하도록 명하니, 대간이 드디어 항론抗論하고, 옥당玉堂도 차자를 올려 논하였다. 뒤에 서쪽 변경의 소요로 인해 이량 등의 유배지를 옮기려 하였으나, 끝내 공론에 부딪혀 시행하지 못하였다. 대개 임금은 이량 등을 늘 그리워하는 마음이 있었으니, 소인은 멀리하기는 어렵고 가까이하기 쉬운 것이 이러하다.】

라고 하니, 인금이 답하기를,

"이 계사啓辭를 보니 일이 매우 소요騷擾하여 내 마음이 편치 않다. 간사한 사람을 다스릴 적에도 중도에 맞게 해야지 너무 심하게 다스려서는 안 된다. 괴수는 처형하되, 협박에 의해 추종한 자는 다스리지 말아야 한다. 전일 이량 등의 죄를 정할 때 사람마다 죄를 참작하여 정하였다. 지금 이미 3년의 세월이 지났는데, 어찌 굳이 죄 받은 자를 다시 추가로 논죄하고, 새로운 사람에게 연이어 죄를 가할 수 있겠는가?"

라고 하였다.

○ 甲辰 兩司啓曰 自古 小人之在朝也 專擅威福 罪在誤國 而至於公論之發 朝廷上下 明知其罪狀 則未有不伏辜於斧鑕之下者 豈不以威福 不可以下移 罪在誤國 則難逭於國典乎 頃日李樑之罪 備在於當初請罪之日 今不可一一枚擧 其引進憸邪 廣植黨與 一國之權 在其掌握 上以欺君上 下以制朝廷 謀陷士林 濁亂朝政 試言其僭偪之事 則曾在平安道 表着紅段之衣 巡行列邑 見者皆驚 一家之居處服用 亦極僭濫 不有君上 專擅威福之

罪 求之於古 罕有其比 而當初不置重典 只令竄黜 聖恩太寬 而物情愈憤

此人之罪 當初輕重失宜 故公論巷議 久而愈激 固不可以枝葉在所援治 不敢不啓

【樑鄙鄙愚妄 素無行檢 嫉土類不與己 乃憑藉戚里 弄權驕恣 締結一時 恰邪無賴之徒 布列要地 賣官鬻獄 偃然自大 一效尹元衡所爲 元衡甚忌之 而終不能傾 反爲所困 癸亥歲 以其子廷賓魁廷試 未數月 爲兵曹佐郎 未幾爲吏曹佐郎 及其遞也 强薦柳永吉爲代 {正郎尹仁涵主其事 仁涵妻兄丁亂 蒨媚於樑 教仁涵主之 永吉年少輕躁 密附廷賓} 正郎朴素立左郎尹斗壽等不肯從 樑黨怒甚 {其意 蓋欲先薦永吉爲主 次引其類 如李成憲李彥怡等 迭爲之也} 與元衡通源 所謀嗾勘 {勘時爲大司憲} 目朴素立奇大升 {時 吏曹郎官 常不肯薦永吉 而屬意於奇大昇 故竝疾之焉} 尹斗壽李文馨爲清談誤國 竝論許燁 尹根壽伸救罪人 {燁根壽 嘗於經筵 言趙光祖具壽聃之死 非罪} 劾請削職黜之城外 欲因此盡殺一時名士 已潛錄其姓名 凡四十餘人 如李滉之退居養病 李恒曺植之田廬食力 皆無讎怨 而亦將不免 未發爲奇大恒所劾 樑與其黨類 獲罪被竄 而元衡通源之惡 則人亦不敢言 樑黨如高孟英李彥忠 賴洪仁慶 時爲執義力護 得罰甚輕 人心不平 他如此者 亦多 厥後閭巷盛傳 樑將復用 有識憂之 至是 因頒赦後覃恩 命敍重慶職 臺諫遂抗論 玉堂亦上箚論之 後因西鄙有釁 欲量移樑等 竟迫公論 不果 蓋上於樑等 常致眷戀之意 小人之雜踈而易視也 如是夫】

答曰 觀此啓辭 事甚騷擾 予心不寧 治奸當得其中 不可深治 刑厥渠魁 脅從罔治 而前日樑等定罪之時 酌定各人之罪 今已三年之久 何必更擧已被罪者 或追論新人 續續加罪乎

≪출전≫『明宗實錄』권31, 명종 20년(1565, 乙丑) 1월 6일(甲辰)

19. 홍문관 부제학 윤의중尹毅中 등이 상소하다.

홍문관 부제학 윤의중尹毅中 등이 상소하기를,

"〈전략〉 옛날 성왕들이 서로 전수하던 심법心法과 서로 가르친 격언格言들이 모두 책에 기록되어 있으니, 이를 자신에 돌이켜 구하면 저절로 남음이 있을 것입니다. 그러나 덕을 좋아하는 공부가 이와 같지만 학문을 좋아하는 실제가 이어지지 않으면, 좋아하는 바가 과연 진실로 좋아할 만한 것인지 알지 못하며, 구차하게 스스로를 속이는 바가 있으면 마음이 발하는 바가 어찌 반드시 성실한 데서 나올 수 있겠습니까? 성誠은 하나[一]일 뿐입니다. 천지天地의 일에 참여하여 만물을 낳고 길러주는 것을 일삼으면, 그 효용이 지대합니다. 그러나 힘을 쓰는 방법을 구하면 '망령됨이 없게 하는 것[無妄]'과 '자신을 속이지 않는 것[不欺]'과 '오래도록 이어지며 그치지 않는 것[悠久不息]'에 불과합니다.

실제로는 사치하면서도 검약으로써 꾸미고, 실제로는 포학하면서도 인자함으로써 엄폐하고, 좋아하는 사람은 아첨하거나 말을 잘 하는 사람이면서도 겉으로는 간언을 받아들인다는 명예를 꾀하고, 사랑하는 사람은 간사하고 사악한 자들이면서도 거짓 현인을 공경한다는 모습을 취하면, 이는 망령된 것이지 성誠이 아닙니다.

많은 사람이 모인 큰 마당에서는 수식하다가 혼자 거처하는 깊은 궁중에서 방자하고, 어진 사대부를 접할 적에는 점잖은 체하다가 친한 환관 · 궁첩을 대할 적에 본심을 드러내면, 이는 자신을 속이지는 것이지 성誠이 아닙니다.

공경하고 두려워한 지 얼마 되지 않아 자만심이 홀연히 이어지고, 검소하고 간략하게 한 지 오래지 않아 사치함이 뒤를 따라 근면과 태만이 일정하지 않고, 선한 이를 만나는 것과 간사한 자를 만나는 것이 일정치 않으면, 이는 고식적으로 하는 것이지 성誠이 아닙니다.

그러므로 이 세 가지를 경계하여 전전긍긍하며 자신을 지켜야 합니다. 진실에 나아가고 허위에 뒤섞이지 아니하여 망령됨이 없는 진실을 극진히 하며, 보이지 않는 데에서 경계하고 삼가며, 들리지 않는 데에서 두려워하고 두려워하여 자신을 속이지 않는 진실을 극진히 하며, 날로 새로워지고 또 새롭게 변해 처음부터 끝까지 한결같아서 그치지 않는 진실을 극진히 하면, 의리가 밝아지고 물욕이 깨끗이 없어져서 경敬으로써 안을 곧게 하고 의義로써 밖을 방정하게 될 것입니다. 이것이 바로 자신을 닦는 것이 지극한 것입니다.

사설邪說에 동요되지 않고, 이단異端에 미혹되지 않으며, 옳고 그름이 어긋나지 않고, 충성으로 하는 것과 말만 잘하는 것이 뒤섞이지 않게 될 것입니다. 이것이 바로 사물에 응접하는 것이 지극한 것입니다. 덕이 있는 이를 존중하고 도가 있는 이를 좋아하여, 깊숙한 암혈巖穴에 사는 사람일지라도 그를 구하지 않음이 없고, 【조식曺植 · 이항李恒 등이다.】 어질고 재능 있는 이를 의논하여 죄를 지은 사람 가운데서도 거두어 서용을 하니, 【노수신盧守愼과 같은 사람이 이런 유형이다.】 자나깨나 그리워하여 정이 서로 부합되게 됩니다. 이것이 바로 어진 이를 구하는 것이 지극한 것입니다. 〈하략〉"

○ 己亥 弘文館副提學尹毅中等 上疏曰 <전략> 相傳之心法 胥誨之格言 布在方策 反而求之 自有餘舍 然而好德之功如此 而好學之實不繼 則其好之也 未知其眞可好 而苟焉有自欺者

心之所發 安得以必誠乎 誠者 一而已 事以參天地贊化育 其功用大矣 然求其用力之方 則不過曰無妄也不欺也悠久不息也 實奢而文之以儉 實暴而掩之以仁 所樂者諛佞 而外爲納諫之名 所愛者奸邪 而謬爲敬賢之貌 此妄而非誠也 修飾於大庭廣衆之中 而放肆於深宮燕閑之地 矯揉於接賢士大夫之際 而發露於親宦官宮妾之時 此欺而非誠也 敬畏未幾 而慢忽繼之 儉約未幾 而侈泰隨之 勤怠之無常 曝寒之不一 此息而非誠也 戒此三者 戰兢自持 就乎眞實 不雜虛僞 以盡其無妄之實 戒謹乎不覩 恐懼乎不聞 以盡其不欺之實 日新又新 終始惟一 以盡其不息之實 則義理昭明 物欲淨盡 內直以敬 外方以義 所以修己者 盡矣 不動於邪說 不惑於異端 是非莫逃 忠佞不混 所以應物者 盡矣 尊德樂道 巖穴之幽 不無求之【如曺植李恒 是也】議賢議能 罪郵之中 亦加收敍【如盧守愼之徒 是也】寤寐以思 情意相孚 所以求賢者 盡矣

≪출전≫『明宗實錄』권32, 명종 21년(1566, 丙寅) 1월 7일(己亥)

20. 여섯 조목을 갖춘 자를 서용하도록 하다.

임금이 다음과 같이 전교하였다.

"내 일찍이 종친들이 배우지 못하는 것을 한탄했기 때문에 지난번 사부를 가려 가르치라는 명을 내렸다. 그런데 깊이 생각해 보니, 지금 새로운 사례를 만드는 것은 불가하다. 다만 6조條[48]를 구비한 사람을 해당 관청으로 하여금 선발하여 재량대로 서용하도록 해서 그들로 하여금 종친을 권면하고 흥기하게 하는 것이 옳을 것이다."

사신은 논한다 1조만 구비한 사람을 찾아도 그에 해당되는 사람이 적을 것인데, 하물며 6조를 구비한 사람이겠는가? 이러한 조건으로 온 나라에서 구하였으나, 역시 많이 얻지 못하고 이 여섯 사람【조식曺植·이항李恒·성운成運·남언경南彦經·한수韓脩·김범金範】을 얻었을 뿐이다. 그러니 응당 이 선발에서 과연 6조를 능히 구비한 사람을 뽑을 수 있겠는가?

○ 癸丑 傳曰 予嘗歎宗親之不學 故昨下擇師傅教誨之言 而更深思之 今不可創新例 但六條俱備之人 令該曹選擇 而量用之 使之勸勵興起 可也

史臣曰 以一條求之 人猶當之者 鮮矣 況六條俱備者乎 以此

求諸天下 亦不多得 得此六人【曺植 李恒 成運 南彦經 韓脩 金範】而應是選 果爲能盡六條者乎

≪출전≫『明宗實錄』권32, 명종 21년(1566, 丙寅) 5월 23일(癸丑)

21. 이조 판서 민기閔箕 등이 성수침成守琛 등 유일의 천거에 대해 아뢰다.

이조 판서 민기閔箕, 참판 정종영鄭宗榮, 참의 박응남朴應男 등이 아뢰기를,

"전일의 전교에 '왕손 중에 가르칠 만한 자가 있으니, 생원·진사 중에서 경학에 밝고[經明] 행실이 닦여지고[行修] 순수하고 정직하며[純正] 근면하고 삼가며[勤謹] 노숙하게 완성되고[老成] 성품이 온화한[溫和] 사람을 본조와 예조가 대신들과 함께 의논해 사부師傅를 선발해 정하라.'고 하셨다가, 다시 그 일은 전례가 없으니 중지하라 하시고, 다만 본조로 하여금 합당한 사람을 물색해 등용하라고 하셨습니다. 6조가 구비되면 곧 재능이 온전하고 덕이 갖추어진 사람입니다. 이런 사람은 본디 얻기가 쉽지 않습니다. 만일 여론에 쓸 만한 사람이라고 하는 인재가 있다면 선발해 등용해야 할 것입니다.

그러나 위에서 특명하신 일인지라, 평상시 반궁泮宮49)에서 공천公薦【나라의 법전에 생원·진사로서 재주와 행실이 탁월하지만 여러 번 과거에 응시해 낙방한 자를 천거하는 조문이 있기 때문에 성균관에서는 오늘날도 이를 시행하면서 '공천'이라 한다. 그런데 근래에는 사습士習이 부끄러움을 몰라 혹 분주하게 돌아다니며 그것을 얻기도 한다.】하는 것과는 다릅니다.

전에 경연관이 아뢴 성수침成守琛·이희안李希顔·조식曺植·성제원成悌元·조욱趙昱 등 다섯 사람은 유일로서 천거되어 6품직에 서용된 사람들이니, 이 예에 따라 써야 합니다. 그런데 전

일 여섯 사람【이항李恒 등을 말함.】을 적어 아뢸 적에 자세하게 아뢰지 못했습니다. 그러므로 지금 이들을 매양 6조가 구비된 인물로 일컬으니, 이들이 감당하지 못할 뿐 아니라, 여론에서도 그 제도를 온당치 못하게 여깁니다. 그러니 '6조를 구비한 인물'이라는 명칭을 고치고, 단지 '경학에 밝고[經明] 행실이 닦여진[行修]' 두 조목만으로 전교를 받들게 하소서."

【성수침의 자는 중옥仲玉, 본관은 창녕昌寧이다. 고 대사헌 성세순成世純의 아들로, 아우 성수종成守琮과 함께 높은 이름이 있었다. 성수종은 영특함이 드러나 상쾌한[英發爽特] 반면, 성수침은 무르녹아 자연스럽게 완성되었다.[渾厚天成] 그래서 그의 용모와 말은 평탄하고 후덕하며 관대하고 느긋하였다. 그를 보면 덕을 완성한 군자임을 알 수 있었다. 그의 효성스럽고 우애있는 범절과 순수하고 성실한 덕은 한 세상에 우뚝하게 높았다. 그러므로 조정과 재야에 있는 사류들이 모두 그를 우러러보았고, 어진 이나 어리석은 자나 할 것 없이 모두 그를 태산泰山·북두北斗처럼 보았다. 젊었을 적에는 과거공부에 뜻을 돈독히 하고 세상에 나아가 포부를 펴보려는 마음이 있었는데, 기묘년(1519) 선한 사람들이 일망타진되는 것을 보고서 다시는 명예를 구하지 않았다. 모친을 받들고 봉양하면서 파평坡平의 산 밑에서 자신의 지취志趣를 기르며 살았다. 중종 때 참봉에 제수하였으나 나아가지 않았다. 이때 주부主簿로 초빙을 하자, 조정에 나와 사은숙배하였다. 두 차례나 현감에 제수하였으나 부임하지 않았다. 그 뒤 임금이 또 특별히 부르니, 나이가 많고 병이 깊어서 뜻을 펼 수 있는 형편이 아니었다. 졸할 때의 나이가 72세였다.】

【이희안은 기묘명사己卯名士 이희증李希曾·이희민李希閔의 아우로서, 초계草溪에 살았다. 부모에 효도하고 우애하며 의리를 행하여 온 고을 사람들이 추중하고 감복하였다. 평소 명예가 있었는데, 사마시司馬試에만 합격한 뒤 대과大科에 나아가지 않았다.

중종 때 관직을 제수하였으나 사은숙배만 하고 나아가지 않았다. 이때 초빙을 받고 나왔으나, 고령현감高靈縣監에서 끝났다.】

【조식은 방정하고 청렴하였다. 중종·명종 때 모두 세속에서 벗어나 살았다. 추상秋霜 같은 지기志氣는 늙어서도 더욱 엄격하여 남의 과오나 악행을 용납하지 않았다. 세상을 깔보는 것이 너무 지나치고, 항상 하는 말은 거의가 풍자였다. 대체로 은거하여 말을 마음대로 하는 사람이다. 그는 스스로 말하기를 "나는 항상 객기客氣에 부림을 당한 적이 많다."고 하였다. 중종 때 벼슬을 제수하였으나 사은숙배하지 않았다. 이때 6품직에 여러 차례 제수했으나 상소만 올리고 나오지 않았는데, 말이 매우 높고 격렬하였다. 퇴계退溪 이황李滉이 편지를 보내 나오기를 권하였지만, 또한 응하지 않았다. 일찍이 다음과 같은 시를 지어 이희안李希顔에게 보냈다.

산해정 내 꿈 속에 몇 번이나 찾아왔나,	山海亭中夢幾回
양쪽 뺨에 허연 수염 난 황강노인 모습.	黃江老漢雪盈腮
반평생 세 번이나 임금을 뵈러 갔는데,	半生三度朝天去
군왕 얼굴 보지도 못하고 돌아왔다지.	不見君王面目來[50]

산해정은 조식의 정자 이름이고, 황강은 이희안이 사는 곳이다. 이 시는 또한 그를 기롱한 것이다. 그 정자는 김해金海의 바닷가에 있다. 그는 자호를 '남명처사南溟處士'라 하였다. 만년에는 두류산頭流山 깊은 골짜기 속에 집을 짓고 살았는데, 자주 식량이 떨어졌지만 태연자약하였다.】

【성제원의 자는 자경子敬, 본관은 창녕이다. 타고난 자질이 활달하고 호걸스럽고 고매하여 무리 중에서 빼어나 사람들로부터 추중을 받았다. 그러나 세속의 범절에 구애되지 않아, 세상을 얕보고 공손치 않은 일이 꽤 있었다. 그렇지만 그의 마음에는 확고한 신념이 있었다. 효도와 우애는 천성적으로 타고 난 것이었으며, 부모의 상을 당해서는 예절을 다하였고, 모친이 돌아가신

뒤 재산을 분배할 적에 자기 몫을 모두 형제들에게 나누어주었다. 세속을 초탈하여 허물이 없었고, 산수를 지나치게 좋아하였다. 사람들이 그를 '머리 기른 승려[有髮僧]'라 하였다. 보은현감報恩縣監에 제수하였는데, 잘 다스린다는 명성이 있었다.】

【조욱의 자는 경양景陽으로, 병자년(1516)에 생원이 되었다. 타고난 자질이 단정하고 깨끗하며 말이 간결하였다. 젊은 시절에는 과거공부에 전념하였는데, 매우 재주가 있다는 명성이 있었다. 중년에 음직蔭職에 보임되었으나 병으로 출사하지 못했다. 시를 지으면 품격과 격조가 매우 높았다. 그의 형 조성趙晟과 함께 학행으로 일컬어졌는데, 논자들은 대부분 그의 형을 낫게 여겼다. 장수현감長水縣監에 제수되었으나 병으로 관직을 버렸다. 항상 산수를 즐겨 명산을 두루 찾아 노닐었는데, 발길이 닿지 않은 곳이 없었다. 만년에는 용문산龍門山 밑에 정사精舍를 지어 놓고 자연 속에서 시를 읊조리며 산 것이 10여 년이나 된다. 자호를 '용문거사龍門居士'라 하였다. 지은 시문이 5~6권이 된다.】

라고 하니, 임금이 전교하기를,

"아뢴 뜻이 온당하다. 지금과 같은 말세에 6조가 구비된 사람을 어떻게 얻을 수 있겠는가? 이름과 실상이 서로 맞지 않는다면 허위의 일이 되고 말 것이니, 아뢴 대로 하라."

라고 하였다.

사신은 논한다 6조가 구비된 인물로 말하자면, 당초 임금의 전교를 우연한 것으로 여겼다. 그러므로 적어서 아뢴 사람들이 모두 한때 유명한 사람들이기는 하지만, 이들의 실력 등에 대해서는 자세하게 말하지 않았던 것이다. 그러다가 뒤에 그들에 대한 임금의 대우가 극진하고, 공론에서도 그들이 6조를 감당하지 못할 것이라고 여겼기 때문에 이조에서 아뢴 말이 이와 같았던 것이다. 대개 6조가 구비된 인물이라면 바로 성현보다 한 등급 낮은 것이니, 천하를 통틀어 구하더라도 쉽게 얻지 못할 것이다. 비록 경명經明・행수行修만을 칭하더라도 그 아래의 4조목 또한 그 속에 들어 있게 된다. 그 명칭은 간략하게 되었지만 실상은 동일한 것이다. 대개 그 사람에 따라서 그 행실을 살피지 않고, 먼저 명칭을 세워놓고 그런 사람을 구하기 때문에 맞지 않는다는 공론이 있게 된 것이다.

○ 戊申 吏曹判書閔箕 參判鄭宗榮 參議朴應男啓曰 前日傳教以爲 王孫有可教者 生員進士中 經明行修純正勤謹老成溫和者 本曹與禮曹 同議于大臣 擇定師傅 而又以無前例還停 但使本曹聞見用之 若六條俱備 則乃才全德備之人 固不易得 若於物情 有可用之人 則當擇而用之 但自上特命之事 異於常時泮宮公薦【國典有生員進士才行卓異 屢擧不中 薦擧之文 故成均館 今亦行之 謂之公薦 而近來士習鮮恥 或以奔走得之】之類 前者經筵官所啓成守琛【字仲玉 昌寧人也 故大司憲世純之子 與其弟守琮 皆有高名 守琮英發爽特 守琛渾厚天成 其容貌辭氣 平厚寬緩 望之 知其爲成德君子 其孝友之節 純實之德 卓卓一世 朝野仰之 人無賢愚 如視泰山北斗 少也 篤志科業 有意當世 己

卯見善類網打 遂不復求名 侍奉母夫人 養志於坡平山下 中廟朝嘗授參奉 不就 是時 以主簿徵之 來朝謝恩 除二縣 不赴 其後上又特召之 則年病俱深 已不可爲 及卒 年七十二】李希顔【己卯名士希曾希閔之弟也 家居草溪 孝友行義 一鄕推服 素有名譽 擧司馬不赴科 中廟朝 嘗授職 而謝恩不就 是時被徵 終於高靈縣監】曺植【方正廉潔 二世出塵 秋霜志氣 老而彌厲 不能容人過惡 傲世太過 恒談幾諷 蓋隱居放言者也 自言吾常多爲客氣所使也 中廟朝 亦除官不拜 是時 屢授六品之職 乃上疏不起 言甚峻激 退溪李滉貽書勸就 亦不應 嘗有詩寄李希顔曰 山海亭中夢幾回 黃江老漢雪盈腮 半生三度朝天去 不見君王面目來 山海植之亭名 而黃江則希顔之所居 蓋亦譏之也 其亭在於金海 ○自號南溟處士 晩歲結廬於頭流山深谷之中 屢空而晏如也】成悌元【字子敬 亦昌寧人也 資稟曠達 豪邁絶倫 取重於人 然不拘俗節 頗有玩世不恭之事 而其中有確 孝友天出 喪盡其禮 母歿分業 盡歸兄弟 飄然無累 酷耽山水 人謂之有髮僧 授報恩縣監 有治聲】趙昱【字景陽 丙子生員也 天資端潔 簡言語少 業科擧 甚有才名 中年補蔭 以疾不仕 爲詩品調極高 與其兄晟 俱以學行稱 論者多優其兄 授長水縣監 復以病棄官 雅好山水 歷遊名山 足跡殆將遍焉 晩歲 卜築精舍於龍門山下 嘯詠雲皐 十有餘年 自號龍門居士 所著詩文五六卷】五人 以遺逸薦拔 六品敍用 當依此例爲之 而前日六人【李恒等】書啓之時 未及詳盡啓達 故今此等人 每以六修俱備稱號 非但其人不敢自當 物情亦以爲未穩 請改俱備之名 只以經明行修 捧承傳

傳曰 啓意當矣 當今末世 六條俱備之人 何能得乎 名實若不相稱 則涉於歸虛也 如啓

史臣曰 六條俱備之人 當初以上教爲偶然 故其所書啓之人 雖皆一時有名之人 而頗不商確詢議 其後寵待甚優 物議亦以爲不敢當 故銓曹之辭如此 大抵六條俱備 下聖賢一等 求之天下未易多得 雖只稱經明行修 而其下四條 亦在其中矣 名雖略 而實則同焉 蓋不隨其人以考其行 而先立其名以求其人 故有不稱之議

≪출전≫『明宗實錄』권33, 명종 21년(1566, 丙寅) 7월 19일(戊申)

22. 유일遺逸의 선비를 초빙하는 문제에 대해 전교하다.

임금이 승정원에 전교하기를,

"내가 영민하지 못해 어진 이를 좋아하는 성의가 모자란 것 같다. 전에 유일의 선비들에게 단계를 뛰어넘어 벼슬을 제수했으나 그 관직에 나가려고 하지 않으니, 나는 매우 부끄럽다. 지금 같은 말세에 유일의 선비를 어찌 간절하게 구하지 않겠는가? 날씨가 서늘해지거든 올라오라는 일로 조식曺植에게 하유를 하고, 또 그 도의 감사에게 역말을 태워 보내라고 아울러 하유하라."

라고 하였다. 또 승정원에 전교하기를,

"영민하지 못한 내가 외람되이 왕위를 계승하였다. 어진 이를 좋아하는 성의가 부족하지만, 어찌 어진 이를 구하려는 마음조차 없겠는가? 지금 같은 말세에 경학에 밝고 행실이 잘 닦여진 자는 귀히 여길 만하다. 이런 데에 참여하게 된 사람을 나는 매우 가상히 여긴다. 날씨가 서늘해지거든 올라오라는 일로 이항李恒 등에게 하유하고, 각 도의 감사에게도 기일에 구애받지 말고 역말을 태워 올려보내라는 일로 고쳐 하유하라."

라고 하였다.

○ 傳于政院曰 予以不敏 似乏好賢之誠 前旣超授 而不肯就職 予甚愧焉 當今末世 遺逸之士 豈不懇求乎 待時涼上來事 下諭于曺植 且本道監司處 乘馹上送事 竝下諭 又傳于政院曰 予以不敏 叨承丕緖 雖乏好賢之誠 豈無求賢之意乎 當今末世 經明行修者可貴 而被參於此 予深嘉焉 待時涼上來事 下諭李恒等而各道監司處 亦勿拘日限 乘馹上送事 改下諭

≪출전≫『明宗實錄』권33, 명종 21년(1566, 丙寅) 7월 19일(戊申)

23. 조식에게 합당한 관직을 제수하라고 전교하다.

임금이 이조에 전교하였다.

"조식은 그에 합당한 관직을 단계를 뛰어넘어 제수하라."

○ 傳于吏曹曰 曺植超授相當職

≪출전≫ 『明宗實錄』 권33, 명종 21년(1566, 丙寅) 7월 19일(戊申)

24. 홍문관 직제학 심의겸沈義謙 등이 차자를 올려 선비를 대우하는 문제를 아뢰다.

홍문관 직제학 심의겸沈義謙 등이 차자를 올리기를,

"성심으로 선한 사람을 좋아하고 예로써 선비를 대우하면, 임금의 성대한 덕이 이보다 더 높은 것이 없을 것입니다. 치도治道의 핵심이 실로 여기에 관계되어 있습니다. 삼가 살펴보건대, 몇 년 이래로 간사한 사람들이 자취를 감추고 정국이 맑게 개어 모든 정사가 다 거행됨으로써 청명한 정치가 날로 새로워지고 있습니다. 관직에서 물러나겠다는 어진 이를【이황李滉이다.】를 부지런히 불러 여러 번 사양할수록 더욱 간절한 뜻을 보이시고, 또 행실이 닦여진 선비를 초빙하되 역말을 타고 오는 영광이 있게까지 하셨으니, 어진 이를 좋아하는 성의와 선비를 대우하는 예의는 옛날 은殷나라 탕湯임금이 이윤伊尹을 초빙하고 고종高宗이 부열傅說을 구하던 것일지라도 어찌 이보다 더하였겠습니까?

안팎의 신민臣民들이 고개를 쳐들고 조정에서 그들을 어떻게 대우하는지를 바라보지 않는 자가 없었습니다. 전하의 이번 일은 실로 한 나라의 인심에 관계되고, 후사後嗣의 본보기가 될 일이니, 참으로 삼가지 않아서는 안 됩니다. 신들은 모두 보잘 것 없는 사람들로 경연에 근무하면서 예전에 없던 일을 눈으로 보게 되니, 감격스런 마음을 견디지 못하겠습니다. 어진 이를 좋아하시는 전하의 성의를 깊이 가슴속에 새기면서도 선비들을 대우하는 예에 오히려 지극하지 않은 점이 있을까 삼가 염려됩니다.

예로부터 자신을 닦고 뜻한 바를 구하는 선비는 조정에 나아가 벼슬을 구하는 데는 마음이 없었습니다. 그러나 윗사람이 참으로 공경을 지극히 하고 예를 극진히 하면, 태도를 바꾸어 일어나서 자리를 비워놓고 어진 이를 구하는 임금의 뜻에 부응하지 않는 이가 없었습니다. 그런데 지금은 널리 어진 이를 소명召命하는 글을 내리시되 간절하게 구하는 뜻을 보이지 않으십니다. 게다가 정해진 날짜로 구속하고 기한을 정해 나오도록 다그치니, 어진 이를 대우하는 것이 일찍이 조정에서 벼슬한 사람을 대하는 것과 다름이 없습니다. 이는 제왕이 겸손한 말과 후한 폐백으로 어진 이를 부르고 선비를 대우하는 예에 비추어 보면, 혹 극진하지 못한 점이 있습니다.

조식曺植 같은 이로 말하면, 일찍이 유일遺逸의 선비로서 품계를 뛰어넘어 관직에 제수하는 은혜를 입고서도 소명에 달려와 관직에 부임하지 않았습니다. 그러나 임금에게 충성하고 나라를 사랑하는 말이 일찍이 전하께 전달되었습니다. 그에 대한 사류들의 존모와 조정과 재야의 촉망이 오늘날 맨 먼저 소명에 응한 자【이항李恒이다.】와 나란히 일컫습니다. 관련된 부서에서 아뢴 바가 이 사람에게 미치지 못한 것은, 그는 이미 추천을 받은 상태로 선택이 전하의 마음에 달려있기 때문입니다.

지금 전하께서는 어진 이를 구하는 성의가 독실하시니, 선비를 대하는 예를 극진히 하셔야 할 것입니다. 어진 이를 초빙할 적에는 간절한 말을 곡진히 하시고, 접견할 적에는 겸손한 마음을 깊이 더하시면, 그들이 학문을 하는 요령과 나라를 다스리는 묘책을 전하의 좌우에 있는 사람들에게 조금은 진달할 수 있을 것입니다.

그들을 높은 자리에 등용하든 낮은 자리에 등용하든 진실로 전하의 마음에 달려있습니다만, 미관말직은 어진 선비를 대우하는 도구가 아닙니다. 대저 잡초를 모두 제거하면 좋은 곡식이 저절로 무성하게 됩니다. 그러므로 어진 이를 조정에 나오게 하는 임금은 반드시 간사한 자를 제거하는 데 엄격해야 합니다. 간사한 자가 제거되지 않으면 어진 이를 나오게 할 방법이 없으며, 어진 이가 나오지 않으면 나라가 그로 인해 어지러워질 것입니다.

지금 몸에 큰 죄를 진 사람이 조정을 멸시하고 국법을 돌아보지 않으며 도성 가까운 곳에서 편안히 살면서 몰래 틈을 엿보는 형상이 마치 물귀신과 같은 점이 있습니다. 이런데도 그 자를 다스리지 않으면 앞으로 발생할 화는 예측할 수 없는 점이 있을 것입니다. 공론의 발로는 실로 여론이 격분한 데서 나온 것인데, 전하께서는 그들이 노망해서 그런 것이라 핑계를 대며 누차 완고한 윤음을 내리시니, 신들은 삼가 민망합니다. 전하의 밝은 안목으로 이미 그들이 어진지 사악한 지를 훤히 아셨을 것입니다. 좋아하고 싫어하는 바른 마음을 밝게 보이셔서 진퇴의 기미를 엄격히 하여 어진 이들이 무리지어 나오고 간사한 자들이 도태되게 하시면, 옛날의 성대한 정치가 다시 오늘에 나타날 것입니다. 삼가 바라건대 전하께서는 유념하소서."

라고 하자, 임금이 답하기를,

"이 차자의 논의를 보니, 그 뜻이 온당하다. 다만 요즘 부름을 받은 행실이 닦여진 선비로서 이황처럼 전부터 향촌으로 물러갈 자취가 이미 드러난 경우에는 간절한 교지를 내리지 않았던가? 하루아침에 6조가 구비된 대상에 뽑힌 사람들은 오늘 같은 말세에 귀중히 여길 만한 사람이다. 그러므로 나는 그 여섯 사람이 어떤 사람인지 보고자 해서 하문했더니, 대부분 한양에 살지 않았다. 그 때문에 어진 이를 소명하는 글을 널리 내리고, 또 올라올 기일을 정해 주었던 것이다. 간절한 뜻으로 고쳐 내리는 것이 어찌 어렵겠는가? 조식의 경우는 과연 함께 부르는

데 들어 있지 않으니, 또한 여섯 사람과 같이 그를 대우해야 할 것이다. 원계검元繼儉의 일은 양사에 답한 데 이미 다 말했다."

라고 하였다.

○ 弘文館直提學沈義謙等上箚曰 好善有誠 待士以禮 人君之盛德 莫尙於此 而治道之樞紐 實關於玆矣 伏覩數年以來 群邪屛豁 而庶政俱擧 淸明之治 與日惟新 勤召告退之賢【李滉】屢辭而愈懇 又徵修行之士 至有乘傳之榮 則好賢之誠 待士之禮 雖古之聘尹求說 亦何以加此乎 中外臣民 莫不翹首嚮風 以觀朝廷所以待之者如何 則殿下此擧 實係一國之心 爲後嗣之法 誠不可不愼也 臣等俱以無似 待罪經幄 目覩曠古之事 不勝感激 深荷殿下好賢之誠 而竊恐待之之禮 猶有所未至也 自古藏修求志之士 雖無意於進取 而上之人 苟能致敬盡禮 則莫不幡然而起 以副側席之求矣 今者泛垂命書 而不示切懇之旨 拘之以日限 迫之以程期 其所以待之者 無異於身嘗仕朝之人 此於帝王卑辭厚幣 招賢待士之禮 或未之盡也 至如曺植 曾以遺逸之士 蒙超授之恩 不能卽命供職 而忠君愛國之言 嘗徹於冕旒之下 士子之景慕 朝野之屬望 與今之首應召命者【李恒】竝稱焉 該曹之所啓不及於此人者 只以已被薦章 而簡在上心也 今殿下已篤求賢之誠 當盡待士之禮 徵召之際 曲致懇款之辭 引接之時 深加沖挹之懷 爲學之要 治國之猷 庶可少陳於左右矣 其用之大小 固在於殿下之睿鑑 而微末之官 非所以待賢士之具也 大抵 稂莠盡除 嘉穀自茂 故進賢之君 必嚴於去邪 邪不去 則賢無以進 賢無以

進 則國隨以亂矣 今有身負大罪之人 蔑視朝廷 不顧邦憲 偃處都城密邇之地 潛伺暗覰之狀 有同鬼□ 此而不治 則方來之禍有不可測者矣 公論之發 實出於輿情之憤激 而殿下諉諸老妄 屢下牢拒之音 臣等竊憫焉 殿下之明 旣已洞照其賢邪之分矣 當明示好惡之正 以嚴進退之機 使群賢拔茅 衆邪距脫 則隆古之治將復見於今日矣 伏願殿下留神焉

答曰 觀此箚論 其意當矣 但近日所徵修行之士者 如李滉自前退去鄕村之迹已著矣 則不下切懇之旨乎 一朝被參於六條 當今末世 可貴其人 故予欲見六人之如何而問之 則多不在京 故泛垂命書 亦定日限也 改下切懇之旨 何難乎 曺植則果未及竝召 亦當如六人爲之耳 元繼儉事 已盡於答兩司矣

≪출전≫『明宗實錄』권33, 명종 21년(1566, 丙寅) 7월 19일(戊申)

25. 장원서 장원掌苑署掌苑 한수韓脩가 사직소를 올리다.

장원서 장원 한수【이날 사은숙배하였다.】가 상소하기를,

"전하께서 지난번 전형을 맡은 이조吏曹에 6조를 내려 그와 같은 사람을 선발하게 하셨습니다. 그래서 이조에서는 여섯 사람을 아뢰어 6품직에 서용하였습니다. 전하께서는 또 이 여섯 사람 중 지방에 있는 자와 조식曺植 등은 역말을 타고 오게 하라고 명하시니, 조정과 재야에 있는 모든 사람들이 흠칫하며 전하의 선을 즐거워하시는 마음을 알게 되었습니다. 비록 산림에 깊이 은거한 선비라고 하더라도 누가 감격하여 흥기하지 않겠습니까?

다만 신처럼 어리석고 용렬한 사람으로서도 그 반열에 참여하게 되어, 소명을 받고서 깜짝 놀랐습니다. 곧바로 신의 보잘 것 없는 실상을 갖추어 전하께 알려서 신의 이름을 삭제하게 하려 하였으나, 머뭇거리며 주저하다가 그만 시일을 넘겼습니다.

지금 성은을 입어 다시 관직에 제수되니, 더욱 부끄럽고 황공하여 어찌할 바를 모르겠습니다. 신은 성품이 어리석고 고루하여 학문과 행실이 조금도 없으며, 또 능한 한 가지 재주와 예능도 없습니다. 지금 나이가 50세를 넘은 데다 질병이 점점 심해져서 평범한 사람에 견주어도 부족한 점이 있습니다. 그런데 하물며 어찌 감히 비상한 천거에 응하여 큰 이름을 자처하며 선류善類들과 나란히 설 수 있겠습니까?

이 점이 바로 신이 이미 사대부들을 속이고 또 전하를 그르

치는 일이어서 남몰래 고민하는 바입니다. 맹자는 말하기를 '명성이 실정에 지나치는 것을 군자는 부끄러워한다.'고 하였으니, 신은 어찌 유독 부끄러워할 뿐이겠습니까? 만일 보잘 것 없는 신이 불선을 숨기고 녹봉을 탐하여 태연히 자처한다면, 물의를 불러오고 후세에 비웃음을 살 것입니다. 이 또한 조정 정사의 잘잘못에 관계되는 일이니, 더욱 애석하지 않을 수 없습니다.

삼가 바라건대, 전하께서는 빨리 신의 이름을 삭제하시고 또 본직을 바꾸십시오. 그래서 후세 맑은 의논을 가지고 사필史筆을 잡는 자로 하여금 전하의 인재등용에 대하여 비판할 바 없게 하시면 매우 다행이겠습니다."

라고 하자, 임금이 어찰御札로 답하기를,

"이 소장의 사연을 보고 나는 그[其]의 【여기에는 '이爾'자를 써야 하는데 '기其'자를 쓴 것은 아마도 그를 높이는 뜻이 있는 듯하다.】 뜻을 알았다. 신하의 도리로는 나올 줄도 알고 물러갈 줄도 알아야 하는데, 말세에는 인심이 강퍅剛愎하고 염치가 다 없어져서 진출할 줄만 알고 물러갈 줄은 모른다. 장원은 낮은 하나의 벼슬자리를 사양하니, 또한 그의 편안히 물러나려는 심정을 알 수 있다. 영민하지 못한 내가 왕위를 지키고 있어, 어진 이를 좋아하는 마음은 있으나 또한 어진 이를 구하는 정성은 부족하다. 그러므로 유일의 선비들이 내직이나 외직에 부임하지 않으니 【전에 성수침成守琛이 조지서 사지造紙署司紙에 부임하지 않았고, 조식曺植이 단성현감丹城縣監에 부임하지 않았기 때문에 이렇게 말한 것이다.】 나는 이를 부끄럽게 여겼다.

전형을 맡은 이조가 지난번 어진 이를 구하는 나의 뜻에 따라 조정의 의논을 널리 수집하여 아뢰었으니, 어찌 그대가 경전에 밝고[經明] 행실이 닦여진[行修] 사람의 반열에 합당하지 않겠는가? 나는 매우 가상히 여긴다. 지금 제수된 본직도 내 생각에는 어진 이를 대접하는 성의에 맞지 않는다고 여긴다. 그런데 이름을 삭제하고 본직을 바꾸라고 하니, 내가 어찌 어진 이를 물리칠 리가 있겠는가? 사직하지 말아서 나의 어진 이를 좋아하는 뜻에 부응하라."

라고 하였다. 그리고 이어 승정원에 전교하기를,

"이 어찰을 장원掌苑에게 내리라."

라고 하였다.

○ 掌苑韓脩【是日肅拜】上疏曰 殿下頃者以六條下于銓曹 俾選如此之人 銓曹以六人啓敍六品 殿下又命六人中 在外者及曺植等 乘馹上來 朝野聳然知殿下樂善之心 雖巖穴之士 孰不感激而興起哉 第以臣之愚庸 亦參其列 聞命震驚 卽欲具臣無狀 仰關天聽 以削臣名 而跼蹐趑趄 以踰日月 今伏蒙聖恩 又授以職 尤憎慙惶 不知所爲 臣稟性愚陋 小無學行 又乏一才一藝之能 今則年過五十 疾病侵尋 比諸庸人 亦或不足 況敢應非常之擧 居大名之下 自與善類齒伍耶 此臣旣欺士夫 又誤殿下 而私竊悶焉者也 孟軻曰 聲聞過情 君子恥之 臣豈獨恥之而已哉 若以臣之無狀 掩藏其不善 而貪其寵祿 恬然自處 則招物議 而貽譏於後 亦關於朝政之得失 尤不可不惜也 伏願 殿下亟削臣名 又改本職 使後世持淸論秉史筆者 無所議於殿下之用人 幸甚

以御札答曰 觀此疏辭 予識其【此當丁爾字 而乃用其字 蓋

有尊之之意也】意 人臣之道 固當知進知退 而末世則人心剛愎 廉恥盡喪 徒知進而不知退 掌苑辭一卑官 亦可知恬退之情也 予以不敏 叨守丕基 雖有好賢之心 又乏求賢之誠 故遺逸之士 不赴京外之職【前者 成守琛不就司紙 曺植不赴縣監故云】予嘗愧焉 銓曹頃因求賢之意 博採朝議而啓之 豈不合於經明行修之列乎 予甚嘉焉 今爲本職 予心則反以爲 不稱待賢之誠 而削名改職云 予豈有退賢之理乎 宜勿辭 以副予好賢之意 仍傳于政院曰 此御札 給掌苑可也

≪출전≫『明宗實錄』권33, 명종 21년(1566, 丙寅) 8월 4일(壬戌)

26. 조식에게 속히 올라오라고 하유하다.

임금이 조식에게 다음과 같이 하유하였다.

"지난번 경상감사의 치계馳啓【전 현감 조식은 나이가 70세에 가깝습니다. 앓고 있는 질병 중 현기증이 가장 위급한데, 2~3일 간격으로 불의에 발작하여 무수히 구토를 하고 잠시 기절을 합니다. 이 때문에 길을 떠날 수 없었다고 합니다.】로 인하여 노병老病으로 올라올 수 없음을 알았다. 내 마음이 서운하다. 내가 영민하지 못하고 어진 이를 좋아하는 성의가 부족해서 이와 같이 되었으니, 또한 부끄러워할 만하다. 그 병에 맞는 약제를 조제해 내려보내니, 노병에 구애받지 말고 편의한 대로 몸을 잘 조리해서 올라오는 것이 옳겠다. 또 본도의 감사로 하여금 식물食物을 갖추어 지급하게 하였으니, 그대는 그런 줄 알라." 【이어 내의원內醫院으로 하여금 약을 지어 보내게 하였다.】

○ 丙戌 下諭于曺植曰 頃因慶尙道監司馳啓【其狀曰 前縣監曺植 年將七十 衆病中 眩暈最急 隔二三日 不意暴發 無數嘔吐 須臾眩絶 緣此未得上道云云】知以老病不得上來 予心缺然 予以不敏 誠乏好賢 以致如此 亦可愧焉 相當藥劑下矣 須勿拘於老病 隨便善調上來 可也 且令本道監司 備給食物 爾其知悉【仍令內醫院 劑藥以送】

≪출전≫ 『明宗實錄』 권33, 명종 21년(1566, 丙寅) 8월 28일(丙戌)

27. 조식을 상서원 판관尙瑞院判官[51]에 제수하다.

이탁李鐸을 한성부 판윤으로, 강섬姜暹을 전라도 관찰사로, 황임黃琳을 승정원 우승지로, 윤두수尹斗壽를 승정원 좌부승지로, 박호원朴好元을 승정원 우부승지로, 심의겸沈義謙을 통정대부 승정원 동부승지로, 유전柳坱을 홍문관 응교로, 김첨경金添慶을 홍문관 부응교로, 김억령金億齡을 홍문관 교리로, 이해수李海壽를 홍문관 부교리로, 조식曺植을 상서원 판관으로, 이증李增과 구봉령具鳳齡을 홍문관 수찬으로, 성운成運을 통례원 인의通禮院引儀로, 송응개宋應漑를 홍문관 저작으로, 한윤명韓胤明을 왕손 사부王孫師傅로 삼았다. 윤희렴尹希廉·정지연鄭芝衍이 이어서 왕손 사부의 직을 수행하였다.

【한윤명은 학문에 뜻을 두고 실천을 독실하게 하는 사람이다. 정지연은 그래도 괜찮은 사람이다. 그러나 윤희렴은 평범한 사람으로 구속되거나 단속하는 행실이 없이 마음껏 술을 마시는 것을 일과로 삼으며 끊임 없이 이익만 추구하는 사람이다. 그런데도 오히려 이번 선발에 참여하였으니, 정밀한 선발이라고 할 수 있겠는가? 사람들은 해당 관청이 임금의 뜻을 체찰體察하지 못한 것이라고 기롱하였다.

○ 전일 6조의 행실을 갖춘 사람을 선발하라고 명한 것은 대개 임금이 왕손王孫 중에 마음을 둔 자가 있어 그를 미리 양성하

려 한 것이다. 그러나 새로운 사례를 새롭게 만들어서는 안 된다고 생각해 중지하였다. 그 뒤 대간이 아뢴 바에 따라 왕자 사부를 선발하는 사례에 의해 왕손 사부를 선발하여 제수하였다.

한윤명이 처음 공천으로 의금부 도사가 되었는데, 이때에 이르러 천거되어 왕손 사부에 제수되었다. 그는 사람됨이 학문에 독실한 뜻을 가지고 있었는데, 오직 힘써 행할 것을 선무로 삼았다. 아침에 일찍 일어나고 밤늦게 잠자리에 들며 단정히 앉아 글을 읽었다. 그렇게 한 지 여러 해가 되어 언어와 행동이 저절로 법도에 맞았다. 어버이의 상을 치르면서 한결같이 예제禮制의 법도를 썼고, 지나치게 슬퍼하다가 몸을 상하였다.

이 벼슬자리에 제수된 지 오래지 않아 생을 마감하자, 사림에서 애통해 하지 않은 사람이 없었다. 지금 임금이 세자로 계실 때 그에게서 『소학』을 배웠다. 그리고 경연經筵에서 모시고 시강侍講을 하였다. 성학聖學[52]이 쉽게 고명해질 수 있었던 것은 이 사람의 계발한 공이 많았기 때문이라 한다.】

○ 以李鐸爲漢城府判尹 姜暹爲全羅道觀察使 黃琳爲承政院右承旨 尹斗壽爲左副承旨 朴好元爲右副承旨 沈義謙爲通政大夫同副承旨 柳坱爲弘文館應教 金添慶爲副應教 金億齡爲校理 李海壽爲副校理 曺植爲尙瑞院判官 李增具鳳齡爲弘文館修撰 成運爲通禮院引儀 宋應漑爲弘文館著作 韓胤明爲王孫師傅 尹希廉鄭芝衍相繼爲之【胤明有志於學問 踐履篤實 芝衍猶可人矣 至於希廉 自是常類 行無拘檢 縱酒爲事 牟利不已 而尙預

此選 其可謂精乎 人以該曹不體上意譏之

○ 前日命擇六行之人 蓋上已於王孫中 有所屬意 而欲爲之預養也 以爲不可創開新例 中止之 其後因臺諫所啓 命依王子師傅例 擇授之 胤明初以公薦 爲義禁府都事 至是 薦授焉 爲人篤志學問 唯以力行爲務 夙興夜寐 端坐讀書者 累年 言動從容 必遵繩墨 執親喪 一用禮文 仍致柴毁 爲此官 未幾而終 士林莫不痛惜 今上在潛邸時 受小學書 及御經筵 聖學易至高明者 多是此人啓發之功云】

≪출전≫『明宗實錄』권33, 명종 21년(1566, 丙寅) 8월 28일(丙戌)

28. 조지서 사지造紙署司紙 성운成運이 사직소를 올리다.

조지서 사지 성운成運이 상소하기를,

"엎드려 생각건대, 지난번 신이 병세가 위중하여 관직에 머물 수 없었기 때문에 사정을 갖추어 진달하였습니다. 그러나 성상께서 들어주지 않으셔서 끝내 윤허를 받지 못하였습니다. 지금 다시 우러러 하소연하며 번거로움을 끼치게 되었습니다.

신이 다 늙은 몸으로 천리 길을 달려오다 보니, 기력이 고갈되어 과로로 인한 병이 발생하였습니다. 구역질이 나고 목이 막히며 정신이 혼매하여 취한 듯 깬 듯합니다. 의원을 찾아가 물어보았으나 모두 "맥박이 약한 병은 치료하기 어려우니, 좋은 약을 쓸지라도 효험을 볼 수 없다."고 합니다. 병이 난 지 한 달이 넘었는데, 여러 증세가 날이 갈수록 더욱 심해집니다. 방서方書[53]를 보니 "약으로 보신補身하는 것은 음식으로 보신하는 것만 못하다."는 말이 있습니다. 신은 일찍이 이 말을 옳게 여겨왔습니다. 그러므로 때로는 억지로 밥을 먹어보기도 하였으나, 먹는 즉시 토했습니다. 신은 나이가 이미 많은 데다 또 이런 병까지 겹쳤으니, 죽음이 아침에 있지 않으면 저녁에 있을 것 같아 매우 두렵습니다.

신이 시골에 있을 때에는 해마다 겨울이 되면 깊숙한 방에 들어앉아 사방의 창문을 봉하고 하나의 문만 열어놓고서 조석으로 밥상을 받으며 살았습니다. 섬돌이나 마당 같은 가까운 땅일지라도 발을 내딛지 못하고 있다가, 이듬해 3월 날씨가 화창

할 때가 되어서야 비로소 바깥출입을 하곤 하였습니다.

지금 신은 남의 집에서 신세를 지고 있는데, 집의 벽이 온전치 못하고 부엌에는 땔나무가 떨어졌습니다. 긴긴 밤 이불을 뒤집어쓰고 있어도 찬 기운이 뼛속까지 스며듭니다. 이 때문에 병이 날로 심해지고 있는데, 병을 낫게 할 방법이 없습니다.

지금 신의 경우는, 살아 있는 상태에서 고향으로 돌아가는 것이 편합니다. 죽어서 시체로 돌아간다면 재물과 식량을 많이 허비해야 합니다. 가난한 집안의 살림살이로는 그것을 감당할 수 없습니다. 그러므로 신은 죽기 전에 살아 있는 상태에서 돌아가 집에 이르러 죽기를 바랍니다.

만약 신이 집에 이르지 못하고 근처 다른 사람의 집에서 죽으면, 두 마리 소가 끄는 수레와 그 수레를 끄는 사람 6~7명 정도가 있어야 집까지 운반할 수 있습니다. 이를 가난한 집의 재력으로 어찌 감당할 수 있겠습니까? 그러므로 급히 서둘러 장사를 지낼 도구를 마련하고 종을 타일러서 병자를 붙들고 떠나게 하려 합니다. 이 때문에 사유를 고하여 아뢰고 엎드려 은명恩命을 기다립니다.

신은 불초한 사람으로서 외람되이 산처럼 큰 성은을 입었는데, 우러러 보답할 길이 없습니다. 다만 벼슬 한 자리를 삼가 지키며 성의를 다해 봉직하면서 맹세코 임금을 속이거나 등지지 않으리라 마음을 먹었습니다. 이것이 신의 구구한 소원이었습니다. 그러나 병이 신의 뜻을 빼앗아서 끝내 벼슬자리에 있지 못하게 되어, 대궐 뜰을 애닯게 바라보며 차마 급히 물러가지 못하고 있습니다. 삼가 죽음을 무릅쓰고 아룁니다."【조식曺植이 이 상소를 보고 말하기를 "몸의 병이 무슨 관계가 있기에 임금에게 갖추어 진달했단 말인가."라고 하였다.】

라고 하니, 임금이 승정원에 전교하기를,

"내의內醫를 성운의 집에 보내 병을 살펴보고 아뢰게 하라."

라고 하였다.

○ 辛亥 司紙成運上疏曰 伏以 前者 臣以病牢 不可居官 上帝具陳 天聽尙高 未蒙允許 今復仰訴 用煩聽覽 臣衰極之餘 千里奔驅 氣竭力弊 遂成勞疾 逆氣橫衝 咽嗌梗塞 神昏不省 如醉如醒 謁醫而問之 皆曰脈病難治 投以良劑 莫之收效 自始有疚 今逾旬月 沴候萬狀 日遠彌篤 聞之於方書曰 藥補不如食補 臣嘗以此說爲是 故時或强飯 旋卽吐出 臣齒算已盡 又加此疾 深恐升屋之呼 不在朝則在夕也 臣在鄕 每値冬月 則入處奧室 封闔四牖 獨啓一戶 以通朝晡之飯 雖階庭之近 亦不投足 至明年三月 天氣和煦 乃始出外 今臣假棲他家 家壁不完 竈絶薪火 長宵抱被 霜氣入骨 以故病日增加 無方能已 今臣以人而歸則易 以屍而歸則厚費 財糧 貧力莫支 故臣欲及未死 以人而歸 及家而死 設若未必及家 而猶得近家而死 則駕二牛車 用挽卒六七人 可以載歸 貧家力 或可濟 用是 亟欲治具戒僕 扶疾啓行 玆用上聞 伏竢恩命 臣以不肖 猥蒙聖恩 如負丘山 無路仰答 但欲謹守一官 竭誠奉職 誓不以欺負君上爲心 此臣區區之懷 而病奪之志 卒不得在官 戀瞻闕庭 未忍亟退 謹昧死以聞【曺植見此疏曰 身疾何關 而備達於君上乎】

傳于政院曰 遣內醫于成運家 其令看病以啓

≪출전≫ 『明宗實錄』 권33, 명종 21년(1566, 丙寅) 9월 24일(辛亥)

29. 명종이 성운成運·조식曺植·김범金範 등을 인견하기 위해 전교하다.

임금이 승정원에 전교하기를,

"전일 인견引見할 때 미처 들어와 참여하지 못한 성운·조식·김범을 오는 초7일 인견하겠다. 성운 등에게 사고가 있는지를 물어서 아뢰라."

라고 하여, 승정원이 회계回啓하기를,

"성운은 본디 병이 있어서 겨울만 되면 문밖을 나가지 못하는데, 얼마 전 여관에서 병이 났습니다. 내의원에서 내린 약을 먹었으나 차도가 없었습니다. 그러므로 고향으로 돌아가 죽고 싶어하여, 수레를 타고 고향으로 돌아갔다 합니다."

라고 하니, "알았다."고 전교하였다.

○ 傳于政院曰 前日引見時 未及入參成運曹植金範 來初七日 當引見矣 運等事故有無 問啓 政院回啓曰 成運素有疾病 冬寒則不出戶外 頃在旅舍疾作 雖服內賜之藥 未見其效 故欲歸死本土 載歸于鄉云 傳曰 知道

≪출전≫ 『明宗實錄』 권33, 명종 21년(1566, 丙寅) 10월 4일(辛酉)

30. 명종이 사정전思政殿에 나아가 조식曺植·김범金範 등을 불러들여 만나 보다.

임금이 사정전에 나아가 상서원 판관尙瑞院判官 조식曺植, 옥과현감玉果縣監 김범金範을 불러들여 만나 보았다. 임금이 내시에게 두 사람을 불러 앞으로 나오게 한 뒤, 전교하기를,

> "불민한 내가 외람되이 신민臣民의 주인이 되었다. 비록 어진 이를 좋아하는 정성은 부족하지만 어찌 어진 이를 구하고 싶은 마음이야 없겠는가? 오늘날과 같은 말세에, 그대들은 경전에 밝고 행실이 닦여진 인물로 뽑히게 되었으니, 어찌 귀히 여길 만하지 않겠는가? 내가 이 때문에 가상하게 여긴다. 고금의 치란治亂과 세도의 청탁淸濁, 나라를 다스리는 도와 학문을 하는 방법, 가언嘉言과 선정善政 등에 대해 듣고 싶다. 숨김없이 모두 말하라."【전교를 마치고 어찰御札을 내려 위와 같은 내용을 두 사람에게 보였다.】

라고 하니, 조식이 아뢰기를,

> "고금의 치란에 대해서는 책에 모두 갖추어져 있으니, 신이 비록 아뢰지 않더라도 어찌 모르시겠습니까? 신이 아뢰고자 하는 것은 별도로 다른 뜻이 있습니다."【오래도록 아뢰지 않은 것은 대개 임금의 답을 기다렸기 때문이라는 말이다.】

라고 하였다. 임금이 이르기를,

"의당 생각하고 있는 것을 진술하라."

라고 하니, 조식이 아뢰기를,

"임금과 신하 사이에는 상하의 정에 틈이 없은 뒤에라야 성의가 서로 미덥게 됩니다. 전하께서 마음을 열고 간언을 받아들일 때 마음속에 아집이 없이 중문까지 활짝 열어놓은 듯이 하시면, 신하들도 마음을 극진히 하고 힘을 다하여 신하로서의 도리를 다할 것입니다. 그러면 전하께서도 거울처럼 밝게 신하들의 현부賢否를 환히 살피셔서 인재를 판별하실 것입니다. 그리하여 이 사람은 삼가고 후덕하니 훗날 반드시 어떤 사람이 될 것이고, 이 사람은 재주가 있고 영민하니 훗날 반드시 어떤 사람이 될 것이며, 이 사람은 굳세고 정직하니 마땅히 귀에 거슬리는 말을 진언할 것이고, 이 사람은 유연하고 익숙하니 반드시 아첨하는 무리가 될 것이라고 생각하실 수 있을 것입니다.

신하들도 전하의 생각이 발하는 것을 알아차리고서, 이것은 선한 생각이니 십분 열어 인도해서 확충해 나가야 하고, 이것은 불선한 생각이니 막고 끊어서 뻗어나가지 못하게 해야 한다고 생각하게 될 것입니다. 이와 같이 상하가 사리를 강론하고 밝혀서 정과 마음이 서로 통하게 되면, 그것이 곧 정치를 하는 근본인 것입니다.

신은 먼 지방에 엎드려 있어서 시사時事를 잘 알지 못합니다. 그러나 눈으로 본 수십 년 이래의 일은, 군졸과 민간인이 물이 흘러가듯 뿔뿔이 흩어져 마을이 텅 빈 것입니다. 오늘날을 위한 계책은 불난 집처럼 해야 합니다. 여러 사람이 함께 서둘러 불을 끄려 애를 써도 오히려 불을 끄지 못할 수도 있는 상황입니다. 전하께서 항상 이런 점을 유념하고 계시겠지만, 폐단은 오히려 예전과 같습니다. 신은 잘 모르겠습니다. 신하들이 전하의 뜻을 잘 받들지 못해서 그런 것입니까? 아니면 전하께서 혹 간언을 받아들이지 않으셔서 그런 것입니까? 신하들이 서로 힘을 합해 공경하고 공손히 임금을 섬기는 도리가 어떠한 것인지를 몰라서 이와 같이 된 것입니까?

임금의 학문은 정치를 하는 근본입니다. 그런데 학문은 자득自得을 귀하게 여깁니다. 만약 신하의 강론을 듣기만 하실 뿐이라면 유익함이 없을 것입니다. 평소 한가로이 지내실 적에 『서경』과 역사서를 펴 보시면, 반드시 자득하실 수 있을 것입니다."

라고 하였으며, 김범은 아뢰기를,

"소신은 문장 짓는 것만 일삼았을 뿐, 본래 학식이 없습니다. 이제 전하의 하문을 받들게 되니, 우러러 전하의 뜻에 부응할 수 있을지 두렵습니다. 신의 생각으로는, 학문을 강구하여 이치를 밝히고, 덕성을 함양해 한 마음을 화평하게 한 뒤에라야 조정이 공경하고 겸양하여 정치교화가 널리 미치고, 백성들이 다 편안해 질 것이라고 여겨집니다. 고금의 치란은 책 속에 널리 기록되어 있습니다. 잘 다스려졌을 때와 같은 도를 행하면 흥하지 않음이 없을 것이고, 어지러워졌을 때와 같은 일을 행하면 망하지 않음이 없을 것입니다. 요컨대 선을 본받고 악을 경계하는 데 달려있을 따름입니다."

라고 하였다. 임금이 이르기를,

"두 사람의 말이 모두 마땅하다. 상하의 정이 서로 통한 다음에야 정과 마음이 서로 미덥게 된다는 말은 더욱 좋다. 옛날

도유都兪·우불吁咈[54]하던 것은 어느 시대에 있었고, 임금이 어두워 신하가 아첨하던 일은 또한 어느 시대에 있었는가? 비록 책 속에 들어있다 하더라도 들은 바에 따라 말해 보라."

라고 하니, 조식이 아뢰기를,

"도유·우불하던 것은 하夏·은殷·주周 삼대의 융성했던 때의 일이고, 임금이 어두워 신하가 아첨하던 일은 역대歷代에 모두 그러했습니다. 대개 임금이 현명하면 신하는 정직하고, 임금이 혼매하면 신하는 아첨을 합니다. 이것은 자연의 이치입니다.

옛날의 임금은 신료들을 친히 접하여 마치 벗을 대하는 것과 같은 점이 있었습니다. 그래서 그들과 정치의 도리를 강론해 밝혔습니다. 오늘날 그와 같이는 할 수 없다 하더라도, 반드시 정과 마음을 서로 통하여 상하가 서로 미덥게 된 뒤에야 일이 제대로 될 것입니다. 전하께서 진실로 이러한 마음을 가지고 계시다면 또한 그것을 넓히고 채우셔야 합니다. 이와 같은 일은 내실에서 환관이나 궁첩들과 함께 하실 수 없는 일이니, 반드시 시종侍從이나 정사正士와 함께 하셔야 합니다."

라고 하였으며, 김범은 아뢰기를,

"정치의 도리는 반드시 오래 지속되고 또 전일하게 해야 성공이 있을 수 있습니다. 끊어짐이 없으면 오래 지속되고, 서로 뒤섞이지 않으면 전일하게 될 것입니다. 덕을 집행하는 것이 견고한 뒤에야 끊어지거나 뒤섞임이 없고, 한 마음을 붙잡고 풀어 놓는 기미와 음양이 소멸하고 성장하는 이치를 깊이 통찰하여 맹렬히 살핀 뒤에야 오래도록 안정될 수 있는 정치를 이룩할 수 있을 것입니다."

라고 하였다. 임금이 이르기를,

"옛날 초가집으로 세 번이나 신하를 찾아간 임금이 있었는데, 그때의 상황이 어떠했길래 한 번 불렀을 때 나오지 않고 세 번이나 찾아간 다음에야 나온 것인가?"

라고 하니, 조식이 아뢰기를,

"이는 소열제昭烈帝[55]의 일입니다. 당시는 세상이 혼란스러워 반드시 영웅을 얻어서 그와 함께 일을 해야 도모하는 바를 성취할 수 있었습니다. 그러므로 세 번씩이나 찾아갔던 것입니다. 제갈량諸葛亮은 영웅입니다. 그가 일을 헤아리는 것 또한 어찌 우연한 것이었겠습니까? 그러나 한 번 불렀을 때 나아가지 않은 것은 반드시 당시의 형세가 그랬을 것입니다. 유비劉備와 함께 한漢나라의 부흥을 꾀한 것이 거의 30여 년이나 되도록 오랜 세월이었습니다만 천하를 회복할 수 없었으니, 그의 출사出仕는 미래의 성공을 알 수 있는 때가 아니었습니다."

라고 하였으며, 김범은 아뢰기를,

"당시는 매우 혼란스러운 때였으므로 반드시 어질고 재능 있는 사람을 얻어야 함께 큰 일을 할 수 있었을 것입니다. 그러므로 소열제가 세 번씩이나 그를 찾아간 것입니다. 제갈공명諸葛孔明도 세 번씩이나 찾아오는 것을 감당할 수 없었기 때문에 세 번 찾아온 다음에는 나아간 것입니다. 그러나 그 내막을 자세히는 알 수 없습니다."

라고 하였다. 조식이 아뢰기를,

"소신은 헛된 이름을 훔친 사람으로 임금님을 속일 수 없기 때문에 속히 나올 수 없었습니다."

라고 하였으며, 김범은 아뢰기를,

"옛날 사람 중에는 임금이 불러도 나가지 않은 사람이 있었습니다. 그러나 그 뜻은 알 수가 없습니다. 신이 헤아려 보니, 또한 민망悶望한 【속어이다. 대개 감당할 수 없음을 걱정한다는 뜻이다.】 일이 있기 때문에 그렇게 처신했을 것입니다."

라고 하였다.

【임금이 학문하는 방법과 지치至治를 이룩하는 요점에 대해 묻자, 모두 물음에 따라 답하였다. 임금이 조식에게 '제갈량이 굳이 세 번씩이나 찾아오기를 기다린 뒤에 일어난 것은 어째서인가?'라고 묻자, 조식은 대답하지 않았다. 임금이 이들을 인견한 후에 해당 관청에 명하여 요량해서 서용하라고 하였다. 이에 조식을 판관으로, 이항李恒을 군수로, 한수韓脩를 현감으로 삼았다. 그 나머지 사람들은 모두 6품직을 주었다. 조식은 사은숙배하지 않고 돌아갔으며, 이항 · 임훈林薰은 모두 병을 칭탁한 뒤 벼슬을 버리고 떠나갔다. 사람들은 이들 모두 상관에게 업신여김을 당했기 때문에 벼슬을 버리고 떠났다고 생각했다.

조식의 호는 남명南冥이다. 기상이 빼어나고 소견이 매우 고상해서 세상사에 대해 분개하는 의도가 항상 말에 드러났다. 그가 한양으로 올라오자, 대부 및 선비들이 다투어 그가 머무는 집으로 몰려들었다. 사람들이 어떤 것을 물어도 그는 모두 답하지 않았으며, 간혹 해학으로 희롱하였다. 그래서 사람들은 그의 학식이 얼마나 깊은지를 알 수 없었다.

이항의 호는 일재一齋이다. 젊었을 적에 무술을 익히다가 분발하여 학문에 힘썼다. 『대학』에 공력을 기울인 것이 여러 해에 이르러 자득한 것이 퍽 많았다. 그래서 학자들이 그를 따르는 자가 많았다. 그의 학문은 확실確實을 위주로 했고, 사람을 가르칠 적에도 차서가 있었다. 한양에 있을 때 찾아가 만나는 사람들이 어떤 것을 물어보면 반드시 다 말한 뒤에야 그쳤다. 남명은 그의 이와 같은 태도를 보고서 때로는 비웃으며 업신여겼다. 그가 고향으로 돌아갈 때, 논자들 가운데는 비방하는 자와 칭찬하는 자가 반반이었다.

성운成運은 노성老成한 인물로 일컬어졌다. 고을 사람들에게 매우 존경을 받았는데, 늙고 병들었다는 이유로 관직을 사양하고 돌아갔다.

○ 이항은 몸을 닦고 삼가는 것으로 소문이 났고, 조식은 고결하다고 일컬어졌으며, 한수韓脩도 높은 이름이 있었다. 성상께서 겸허한 마음으로 이들을 불러 만났을 때, 한두 가지 본받을 만한 말만 아뢰었을 뿐, 의리義利의 분변을 미루어 밝혀 정치를 하는 근본을 드러내지는 못하였으니, 애석한 일이다. 이들이 가슴속에 품고 있는 것이 많으나 한 번 접견하는 사이에 갑자기 다 말할 수가 없어 그런 것일까?

○ 조식은 타고난 기상이 빼어나고 마음가짐이 높고도 밝았다. 젊어서부터 맑고 호걸스러워 세상사에 구애되지 않았으며 산림에서 초연하게 유유자적하는 삶을 살아, 천 번을 반갑게 맞이하려 해도 돌아보지 않는 지절志節이 있었다. 문정왕후文定王后가 섭정攝政할 때, 유일遺逸로서 특별히 단성현감丹城縣監에 제수되었다. 그러나 그는 부임하지 않고 상소를 올려 시정時政의 잘잘못을 논하였는데, 말이 매우 급박하고 절실하여 임금이 진노해서 다시는 부르지 않았다. 이때에 이르러 여러 번 예우하는 은명恩命을 받았으므로 어쩔 수 없어서 올라왔다. 그러나 임금이 불러 본 뒤 관직에 제수했는데, 바로 미련 없이 고향으로 돌아갔다.

조식은 전부터 여러 차례의 징소徵召에도 나가지 않았다. 김범 역시 상소를 올려 벼슬을 사양했다. 그러므로 임금이 특별히 유비가 제갈량을 세 번씩이나 찾아간 일로 하문하여 그들의 속마음을 살펴보려 한 것이다. 조식 등은 또한 각각 그들의 거취去就를 이와 같이 이어서 아뢰었다. 대저 당일 입대入對했을 때, 조식의 말은 대단히 예리했고, 김범은 지나치게 겸손하여 말이 시원하지 못했다.】

사신은 논한다 간신이 제거된 뒤에 해가 다시 중천에 떠서 음산한 기운이 모두 사라지고 밝고 따뜻한 햇살이 자라나는 듯하다. 초야의 선비들을 불러모아 편전便殿에서 인견하며 마음을 열고 성의를 다해 접대하니, 임금의 어진 이를 좋아하고 선을 즐기는 본심이 여기에서 드러났다. 이기李芑·윤원형尹元衡·이량李樑의 무리가 앞뒤로 나와 임금의 총명을 가리지 않았다면, 정치의 도가 어찌 수렁에 빠졌겠는가? 또한 잘못을 뉘우치고 방향을 바꾸는 수고로움이 어찌 있겠는가?

○ 甲子 上御思政殿 召見尙瑞院判官曹植 玉果縣監金範 上使內侍 召二人進前 仍傳曰 予以不敏 叨主臣民 雖乏好賢之誠 豈無求賢之意 當今末世 參在經明行修之列 豈不可貴 予用嘉焉 古今治亂 世道淸濁 治國之道 爲學之方 嘉言善政 予願聞焉 悉陳無隱【傳敎畢 以御札下示二人如前】曹植曰 古今治亂 俱在方策 臣雖不言 豈不知之 臣所欲啓者 別有他意【言久不啓 蓋待上之答也】上曰 宜陳所懷 植曰 君臣之際 上下之情無間 然後誠意相孚矣 自上開心聽約 無有蘊奧 有如洞開中門 則群下盡心竭力 得展其股肱心膂 上亦照察賢否 如鑑之明 能辨別人材 以爲此人謹厚 他日必爲某樣人也 此人才敏 他日必爲某樣人也 此人勁直 當進逆耳之言 此人軟熟 必爲諂諛之徒 群下亦知聖念所發 以爲此善念也 所當十分開導以擴充之 此不善之念也 所當遏絶 不使滋蔓 上下講明 情意相通 則此乃出治之本也 臣伏在遐方 未諳時事 然目見數十年內 軍民離散 如水之流 閭里空虛 爲今之計 當如失火之家 雖衆人汲汲共救 猶或不及 自上雖常軫念 弊猶如舊 臣不敢知 群下不能奉承而然耶 自上或不能聽納而然耶 同寅協恭之道 未知何如 而如此乎 人主之學 出治之本也 貴於自得 若徒聽講而已 則無益矣 燕居之時 觀覽書史 必須自得可也

金範曰 小臣徒務詞章 素無學識 今承下問 恐不足以仰塞也 臣意以爲講學明理 涵養德性 一心和平 然後朝廷敬讓 政化旁達 萬民寧謐矣 古今治亂 布在方策 與治同道 罔不興 與亂同事 罔不亡 要在法善戒惡而已

上曰 二人所言皆當 而上下之情相通 然後情意交孚之說 尤好 古者 都兪吁咈 在於何時 君暗臣諂 亦在於何時乎 雖在方策 宜以所聞言之 植曰 都兪吁咈 三代之時也 君暗臣諂 歷代皆然 大抵君明則臣直 君暗則臣諂 此自然之理也 古之人君 親遇臣僚 有若朋友 與之講明治道 今雖不能如此 必情意相通 上下交孚 然後可也 自上苟有是心 則亦宜擴而充之 如此之事 不可於衽席之間 與宦官宮妾而行之 須與侍從正士而爲之也 範曰 治道必須久且專 乃可以有成 不有間斷 則久矣 不有相雜 則專矣 執德固然後無間無雜 一心操舍之機 陰陽消長之理 深察而猛省 然後可致久安之治矣

上曰 古有三顧臣於草廬之中 其時如何 而一招不至 至於三顧 然後乃至歟 植曰 此昭烈之事也 當時擾攘 必得英雄 與之同事 乃成所圖 故至於三顧 諸葛亮 英雄也 料事亦豈偶然 而一顧不起者 必有時勢然也 然與劉備共圖興復 幾近三十餘年之久 不能恢復天下 則其出未可知也 範曰 時甚擾攘 必得賢才 可與有爲 故昭烈至於三顧 孔明亦恐不堪 故三顧而後起爾 然不可詳知矣 植曰 小臣竊取虛名 不可以欺罔君上 故不能速就 範曰 古人有徵召不就者 其意則不可知也 以臣料之 則亦有悶望【俗語也 蓋憂其不敢當之意也】事 故然爾

【上問以爲學之方 致治之要 皆隨問而答 上問曹植 以諸葛亮必待三顧而起 何也 植不對 引見後 上命該曹量宜陞敍 乃以曺植爲判官 李恒爲郡守 韓脩爲縣令 其餘皆六品職 植不辭而歸 恒與薰皆稱疾棄官而去 人以爲皆爲上官所慢 以此棄去云

植號南冥 氣象超邁 所見甚高 憤世之意 常見於言 來京師 士大夫及韋市之徒 爭集其門 人有所問 皆不答 或以恢諧戲之 人莫知其淺深

恒號一齋 少時業武 發憤力學 用功於大學之書 至於累年 頗有自得焉 學者多從之 其學以確實爲主 教人亦有序 在京師 往見者 若有所聞 必盡言而後已 南冥見其如此 時或笑侮 及其歸也 論者毁譽相半焉 成運以老成稱 甚爲鄕人所敬 以老疾辭歸

○ 恒以修飭聞 植以高潔稱 脩等亦有高名 而當聖上虛懷引接之際 致有一二言之可法 而不能推明義利之辨 以闡出治之本 惜哉 所蘊雖多 而不能遽盡於一接之間而然耶

○ 植稟氣英邁 玩心高明 自少倜儻不羈 嘯傲山林 有千屣不顧之節 當文定攝政時 以遺逸超授丹城縣監 不就 上疏論時政得失 言甚迫切 上震怒 遂不復召 至是 屢承禮命 不獲已上來 賜封之後 便有浩然還鄕 曹植從前累徵不就 金範亦上疏以辭 故上特以三顧爲問 以觀其微意 植等又各繼陳其去就 如此 大抵 當日入對之辭 植則頗銳 範則過遜 言語不暢】

史臣曰 去奸之後 如日再中 陰曀消盡 陽淑方長 收召草野之士 引見便殿 開心見誠而待之 好賢樂善之本心 於是乎 呈露矣 設使李芑尹元衡李樑之輩 不出於前後而壅蔽之 則治道何至於

汚下 又安有悔過改轍之勞哉

≪출전≫『明宗實錄』권33, 명종 21년(1566, 丙寅) 10월 7일(甲子)

31. 조식 등이 아뢴 내용을 서계書啓하도록 전교하다.

임금이 승정원에 전교하였다.

"조식 등이 아뢴 내용을 서계書啓하라."

○ 傳于政院曰 曹植等啓辭 書啓

≪출전≫ 『明宗實錄』 권33, 명종 21년(1566, 丙寅) 10월 7일(甲子)

32. 이조가 성운 · 조식의 체직 여부를 아뢰고 답을 기다리다.

이조가 아뢰기를,

> "조지서 사지造紙署司紙 성운成運과 상서원 판관尙瑞院判官 조식曺植이 모두 고향으로 내려갔습니다. 이들을 체차해야 합니까? 취품取稟[56] 합니다."

라고 하자, 임금이 체차하지 말라고 전교하였다. 【성운은 병이 심해 재차 상소를 올린 뒤에 바로 고향으로 돌아갔다. 조식은 입대하고 나서 며칠 뒤 훌쩍 산으로 돌아갔다. 선비들이 그의 고명高名을 흠모하여 강가의 배가 있는 곳까지 따라가 전송하는 사람이 많았다. 조식과 이항은 평소 이름만 듣고 있었을 뿐, 서로 면식이 없었다. 이때 비로소 한양에서 만났는데, 곧바로 말을 트고 서로 '너'라고 불렀다. 조식은 말할 때마다 이항을 조롱하여 "이항은 도적에 비유하면 큰 도적이고, 나는 너의 공초供招[57]에 의해 불려나온 사람이다."라고 하였다. 그러면 이항은 반드시 느릿느릿 "자네 말이 지나치네."라고 하였다. 이항이 4조 · 6조를 갖춘 인물에 뽑힌 뒤 옥당玉堂[58]에서 아뢴 차자箚子에 조식까지 함께 불렀기 때문에 그의 말이 이와 같았던 것이다.】

○ 戊寅 吏曹啓曰 司紙成運 尙瑞院判官曹植 皆已下去本鄕 遞差乎 取稟 傳曰 勿遞【成運羸病已甚 再疏之後 乃歸鄕 曺植則入對數日 便拂衣還山 士子慕高名 多追送江舟者 植與李恒素聞名而不相識 始遇洛下 便相爾汝 植每言必嘲恒曰 恒之比於盜賊 則大倘也 我則追出於汝之供招者也 恒必徐言曰 汝言過矣 四六條人被選之後 玉堂論箚 竝起曺植 故其言如此】

≪출전≫『明宗實錄』권33, 명종 21년(1566, 丙寅) 10월 21일(戊寅)

33. 이조가 조식 · 성운의 체직을 청하다.

이조가 아뢰기를,

"상서원 판관 조식曺植과 조지서 사지 성운成運은 고향으로 내려간 지 오래되었습니다. 지금 도목정사都目政事[59] 때에는 그 빈 자리를 채워야 합니다. 청컨대 이들의 직을 아울러 체차하소서."

【조식은 집안에서 관혼상제冠婚喪祭를 할 적에 모두 『주자가례朱子家禮』에 따라 행하며, 유행하는 습속에 휩쓸리지 않았다. 학생들을 가르칠 적에도 매양 『근사록近思錄』·『성리대전性理大全』 등의 책을 부지런히 읽게 했다. 그리고 모두 몸으로 이해하여 자득하는 것으로 급선무를 삼았으며, 구두句讀나 익히는 말단적인 독서는 달갑게 여기지 않았다.

항상 "오늘날 초학자들은 고원高遠한 이치를 담론하길 좋아하지만, 물 뿌리고 비질하고 어른에게 응하고 대답하는[灑掃應對] 절도를 모른다. 먼저 『역학계몽易學啓蒙』·「태극도설太極圖說」 등의 글을 배우니, 이는 몸과 마음에 이로울 것이 없고, 끝내는 명예를 위하는 데로 귀착될 것이다."라고 하였다. 일찍이 이러한 내용으로 이황李滉에게 편지를 보내, 이런 학자들의 풍습을 금하려 하였다. 또한 그는 의논이 영특하여 사람의 마음을 잘 감발感發하게 하였다. 그래서 그의 말을 듣는 사람들은 고무되지 않는 이가 없었으며, 학생들을 진취시키는 데에도 매우 유익함이 있었다.

조정에서 여러 번 불렀으나 모두 나오지 않았다. 이때에 이르러 상경하여 사은숙배하고 오래지 않아 다시 산으로 돌아갔다. 그는 의지와 기상이 높고도 깨끗하여 유행하는 습속에 자신을 더럽히는 듯이 여겼다. 그러나 시대를 걱정하고 시사時事에 감개하는 마음은 잊은 적이 없었다. 말이 조정의 잘못과 민생의 곤궁함에 미칠 때마다 항상 비분강개한 마음으로 크게 한숨을 쉬었고, 혹 그 때문에 눈물을 흘리기도 하였다.】

【성운은 천성이 자연스러웠고 학식도 있었다.】

라고 하니, 임금이 전교하기를,

"조식과 성운을 한직閑職으로 옮겨 임명하라."

라고 하였다. 그러자 이조가 다시 아뢰기를,

"상서원 판관 및 조지서 사지는 모두 한직입니다. 이와 같이 전교하시니, 지금 그대로 유임시킨다면 고과를 하여 포폄褒貶을 하는 차례를 정하기가 어렵습니다. 그러므로 감히 아룁니다."

라고 하자, 임금이 전교하기를

"우선 체직하라."

라고 하였다.

○ 戊子 吏曹啓曰 尙瑞院判官曹植 司紙成運 下鄕久矣 今都目政 當用其闕 請竝遞差 傳曰 曹植成運 移付閑官 又啓曰 尙瑞院判官及司紙 皆閑官 而傳敎若此 今若仍任 褒貶等第爲難

敢稟 傳曰 姑遞

【居家 凡喪祭冠婚 皆倣朱文公家禮 不混於流俗 敎學者 每勤讀近思錄性理大全等書 皆以體會自得爲急 不屑屑於口讀之末 常以近日初學之士 好談高遠 不知灑掃應對之節 而先學啓蒙太極圖等書 無益於身心 而卒歸於爲名 嘗以是貽書李滉 欲禁此習 且議論英發 善開發人意 聞者 莫不聳然 卽進於學者 極有益 朝廷屢徵 皆不起 至是 來拜命 未幾還山 其意氣峻潔 若將浼於流俗者 而憂時感事之情 未嘗少忘 每語及朝政闕失 生民困悴 常慷慨太息 或爲之泣下】

【天性自然 亦有學識】

≪출전≫『明宗實錄』권33, 명종 21년(1566, 丙寅) 12월 2일(戊子)

34. 선조가 처사 조식·성운 및 전 군수 이항李恒 등을 불렀으나 모두 나오지 않았다.

처사處士 조식曺植·성운成運 및 전 군수 이항李恒 등을 불렀으나, 모두 나오지 않았다. 조식은 명종 말년에 누차 부름을 받았는데, 병인년(1566)에야 비로소 조정에 나와 상의원 판관尙衣院判官에 제수되었다. 그러나 한번 대궐에 나아가 임금을 알현하고 나서 곧바로 사직하고 돌아갔다. 이항도 동시에 부름을 받고 입대하여, 진학進學·치치致治의 방법에 대해 개진하였다. 임천군수林川郡守에 제수되었는데, 부임한 지 1년 만에 관직을 버리고 돌아갔다. 이때 와서 조정의 신료들이 번갈아 추천하자, 이들 모두에게 글을 내려 특명으로 불렀다. 【조식은 삼가三嘉에, 성운은 보은報恩에, 이항은 태인泰仁에 살았다.】

○ 召處士曺植成運 前郡守李恒等 皆不至 植於明廟之末 累被徵召 丙寅始造朝 拜尙衣判官 嘗一登對 卽辭歸 恒同時被召入對 陳進學致治之方 除林川郡守 赴任一年 棄歸 至是 朝臣交薦之 皆下書特召 【植居三嘉 運居報恩 恒居泰仁】

≪출전≫ 『宣祖修正實錄』 권1, 선조 즉위년(1567, 丁卯) 10월 5일(丙戌)

35. 조식이 완급과 허실을 분간하여 조처할 것을 아뢰다.

조식曺植은 두 번이나 사양하고 나오지 않았다. 그는 '구급救急' 두 자를 올려 나라를 일으킬 한 마디 말로 삼아서 자기 몸을 대신 바치기를 청하였다. 그리고 또 아뢰기를,

"지금 나라의 근본이 무너지고 온갖 폐단이 극에 달하였으니, 대소 관료들이 불에 타고 물에 빠진 자를 구하듯 서둘러 손을 쓰더라도 지탱하지 못할 듯합니다. 그런데 단지 허명虛名만 일삼고 논의를 독실히 하는 것만 허여하여 명분이 실상을 구제하기에 부족합니다. 마치 그림의 떡이 주린 배를 채워주지 못하는 것과 마찬가지입니다. 청컨대 완급緩急과 허실虛實을 분간하여 조처하소서."

라고 하였다. 이때 주상은 바야흐로 유학儒學을 숭상하여 조정 안의 여러 어진 이들이 성리性理를 논설하였다. 그러나 조정의 기강은 떨치지 못하고, 나라의 근본은 갈수록 위축되었다. 그러므로 조식이 이런 말을 한 것이다.

○ 曺植再辭不至 且請以救急二字 獻爲興邦一言 以代獻身 又方今邦本分崩 百弊斯極 所宜大小汲汲 如救焚拯溺 罔或支持

而徒事虛名 論篤是與 名不足以救實 猶畫餠之不足以救飢 請以緩急虛實 分揀處置 是時 主上方向儒學 諸賢滿朝 論說性理 而朝綱不振 邦本日蹙 故植有此說

≪출전≫ 『宣祖修正實錄』 권1, 선조 즉위년(1567, 丁卯) 10월 5일(丙戌)

36. 기대승奇大升이 경연에서 이황 · 이항 · 조식 등에 대해 아뢰다.

임금이 경연에 나아가 『대학大學』을 강하였다. 기대승奇大升이 입시하였다.

<중략>

기대승이 또 아뢰기를,

"지금 전하께서 어진 이 구하는 데에 뜻을 두고 계신 것은 신민의 복입니다. 지난날 이황李滉 · 이항李恒 · 조식曺植이 모두 특별한 교지로 부름을 받았으니, 이는 선왕의 뜻을 펴신 것으로 매우 훌륭한 일이었습니다. 다만 이 세 사람은 나이가 모두 70세나 되었으니, 바야흐로 일기가 찬데 길을 나섰다가 병이라도 난다면 도로에서 쓰러질까 염려됩니다. 어진 선비를 대우할 적에는 조용하고 너그럽게 해야지, 급박하게 다그쳐서는 마땅치 않습니다. 그들로 하여금 날씨를 살펴 올라오게 하는 것이 편할 듯합니다."

라고 하였다. 이준민李俊民이 이어 아뢰기를,

"어진 이는 의심 없이 신임해야 한다는 의논이 참으로 지당합니다. 그러나 요즘 사람들이 어찌 능히 고인과 같을 수 있겠습니까? 그 사람됨을 살펴보고서 그가 군자임을 분명히 안 뒤에 등용하는 것이 옳을 것입니다."

라고 하였다. 기대승이 아뢰기를,

“보잘 것 없는 신은 참으로 지식이 없어 아뢰기가 어렵습니다. 그러나 대체로써 살펴보면 이황은 경지가 매우 높고 정주程朱를 조술祖述하였습니다. 그의 논술도 정주와 근사하니 우리나라에서는 근대에 보기 드문 인물입니다. 그의 성품은 편안히 물러나 있기를 좋아하며 벼슬을 달가워하지 않습니다. 듣자하니, 시골에서 매우 가난하고 고달프게 지낸다고 합니다.

이항은 젊은 시절 의협심을 좋아하여 무술을 익히다가 나중에 후회하고 학문을 하였습니다. 공부를 하는 데는 그 용기가 고인과 다를 바 없어 덕스러운 국량을 또한 성취하였습니다. 그를 보면 엄연儼然합니다. 다만 늦게 학문을 알게 되어 학문이 능히 해박하고 통달하지 못합니다.

조식은 기절氣節이 호방하고 장대하며 천 길 우뚝한 절벽 같은 기상이 있어서, 그의 풍도는 모진 사람도 청렴하게 하고, 나약한 사람도 뜻을 세울 수 있습니다. 그러나 학문에 있어서는 법도를 따르지 않습니다.

성운成運도 유일의 선비로서 70세가 넘었습니다. 신은 그의 학문이 어떠한 지를 모릅니다만, 대저 조용하고 담박하게 자신을 지키는 사람입니다. 모두 한 시대의 어진 선비들로서 인품이 각기 다르지만, 그 중에 이황이 최고일 것입니다.

전하께서 이런 몇 사람을 불러 삼대의 정치를 재현하려 하시면, 그들이 어찌 감히 이윤伊尹 · 주공周公으로 자처하겠습니까? 그들은 반드시 학문이 부족하다고 꺼려할 것입니다. 그러므로 그들을 대우하는 것이 너무 지나치면 오히려 감당하지 못할 듯합니다. 그들이 올라오기를 기다려 접견하시면 반드시 말하는 것이 있을 것입니다. 그들을 신임하는 데 있어서는 당연히 처음부터 끝까지 한결같이 해야겠지만, 그들을 대우함에 있어서는 참작함이 있어야 할 것입니다. 한 때 후대하였다가 계속되지 않으면 참소하거나 이간질하는 일이 발생하게 됩니다. 또한 성상의 학문이 고명한 뒤에 정사의 잘잘못과 인물의 어질고 어질지 못함에 대해 아실 수 있을 것입니다."

라고 하니, 임금이 그렇게 여겼다.

○ 上御經筵 講《大學》<중략> 又言 自上留意求賢 臣民之福也 頃日 李滉李恒曺植 皆被特旨 此繼述先志 甚盛擧也 第三人年皆七十 日氣方寒 若登途得病 則恐顚仆道路 待賢士 當從容寬假 不宜驅迫 使之觀日候上來爲便 李俊民因言 賢者信任無疑之論 固至矣 當今之人 豈能一如古人乎 觀其人而灼知其君子然後用之 可也 大升曰 微臣固無知識 有難仰達 然以大槪觀之則李滉則地位甚高 祖述程朱 其論述近於程朱 我國近代所稀有也 其性恬退 不樂仕宦 聞其居鄕甚貧苦 李恒則少時好俠業武 悔悟爲學 做得工夫 其勇與古人無異 德器亦成 見之儼然 但晩而知學 學問不能該通 曺植則氣節磊落 壁立千仞 可以廉頑立懦 而學問則不循規矩 成運亦遺佚之士也 年過七十 臣未知其學如何 大抵 恬淡自守人也 一時賢士 人品亦不一 而李滉當爲最 自上召數人等 欲致三代之治 則彼豈敢以伊周自任乎 必以學問未至爲嫌接待過厚 則亦恐不敢當也 待其上來 接見則必有所言 信任則所當專一 接待則當有斟酌 一時厚待 而不能繼之 則讒間之所由生也 且必聖學高明 然後政事得失 人物賢否 可以知之矣 上然之

≪출전≫『宣祖修正實錄』권1, 선조 즉위년(1567, 丁卯) 10월 5일(丙戌)

37. 기대승이 조식 등을 논하다.

임금이 비현각丕顯閣에서 소대召對[60]하여 『대학』을 강론하였는데, '요임금 · 순임금은 인으로써 천하를 거느렸다.[堯舜帥天下以仁]'로부터 '위의 문장을 통합해 결론지었다.[通結上文]'까지 강하였다.

<중략>

기대승 또 아뢰기를,

"삼가 전교를 받으니, 감격스러운 마음을 금치 못하겠습니다. 옛날 사람이 어진 이를 등용하지 못한 이유와 정성으로 구하면 어진 이를 구할 수 있다는 뜻을 전하께서 알고 계시니, 온 나라 신민의 복입니다. 지난번에 이황李滉 · 이항李恒 · 조식曺植을 올라오게 하는 일로 글을 내리셨습니다. 이것이 선왕의 뜻이었다고 하셨지만, 전하께서 선왕의 뜻을 계승하신 것이 더욱 커서 더 이상의 것이 없습니다.

다만 이황은 신유년(1501)에 태어났고, 이항은 기미년(1499)에 태어났으며, 조식도 신유년에 태어났습니다. 이들은 모두 70세의 고령입니다. 이처럼 날씨가 매우 추운 때에는 불러올 수 없는데 이미 소명召命이 내렸으니, 나오지 않고 물러나 있기가 미안하여 필시 근심하며 난처해 하고 있을 것입니다. 집에 있으면서 병을 조리하는 것을 어렵게 여겨 길을 떠났다가 도중에 병이라도 얻게 되면 길에서 죽는 걱정거리가 생길까 염려됩니다. 전하께서 만나보려고 하시는 마음은 간절하지만 어진 선비를 기다릴 적에는 조용히 관대하고 여유 있게 해야지, 몰아붙여 촉박하게 해서는 안 됩니다. 날씨가 춥고 병이 있으면, 형편을 살펴 올라오라고 다시 하유하심이 어떻겠습니까?

이준민李俊民이 아뢴 '어진 이는 의심 없이 신임해야 한다.'는 말은, 본의는 지당하나 폐단이 없을 수 없습니다. 오늘날 사람들이 어찌 한결같이 옛날 사람들과 같겠습니까? 그 인물을 살펴보고 그가 군자인지를 분명히 확인한 뒤에 신임하여 등용하는 것이 옳을 것입니다. 한 시대 사람들이 선하다고 해도 극진하지 못한 점이 있으면, 자연히 행동에 드러나게 됩니다. 어쩔 수 없이 등용해야 한다면 그 사람이 어떤 사람인지를 확인한 뒤에 등용하는 것이 옳습니다.

미천한 신이 참으로 우러러 아뢰기 어려운 일입니다만 이황·이항李恒은 신이 보아서 알고 있고, 조식은 신이 보지 못해 잘 모릅니다. 일찍이 벗들을 통해 그 사람에 대해 들은 바가 있습니다. 이황의 의논을 보면, 그 지경이 매우 높습니다. 정자·주자를 조술祖述했기 때문에 그의 저술은 정자·주자와 근사합니다. 근래 우리나라에서는 이만한 인물을 찾아볼 수 없습니다. 그의 성품이 편안히 물러나 있기를 좋아하고, 젊어서부터 벼슬살이를 즐거워하지 않았습니다. 그는 시골에서 사느라 매우 고생이 많다고 합니다.

이항李恒은 당초 무예를 일삼으며 멋대로 행동하던 인물이었습니다. 그러다 뉘우치고서 학문을 알게 되었는데, 공부를 하는 것이 매우 용맹하였으니, 옛날 사람과 무엇이 다르겠습니까? 그는 문을 닫고 독서를 하여 덕과 그릇이 이루어져서 그를 보면 근엄합니다. 다만 무인으로서 당초 과거공부를 하지 않았고, 만년에야 학문을 알았습니다. 그러므로 학문에 해박하게 통하지는 못하였습니다.

조식曺植은 기질이 높고 장대하여 천길 절벽이 우뚝 선 것 같다고 할 수 있습니다. 그래서 모질게 단단한 사람도 격동시킬 수 있고, 의지가 나약한 사람도 일으켜 세울 수 있습니다. 학문은 법도를 따르지 않고 벗어난 병통이 있습니다.

성운成運도 유일遺佚의 선비입니다. 선왕조 때에 소명召命을 받고 올라왔다가 병으로 사직하고 물러갔습니다. 나이가 이미 70여 세가 되었습니다. 이 사람에 대해서는 들은 것이 없으나, 대개 명리名利를 탐내지 않고 편안하고 담박하게 지내며 자신의 지조를 지키는 사람입니다.

한 시대의 어진 이는 그에 해당하는 사람을 한 가지로 평할 수는 없지만, 이황李滉 같은 사람은 뛰어난 사람입니다.

옛날 왕통王通이란 자가 있었는데, 이른바 문중자文中子라고 하는 사람입니다. 수 문제隋文帝 때 상소하여 계책을 올렸는데, 주자는 '자신의 부족함을 알지 못하여 이윤伊尹·주공周公과 같다고 생각했습니다.'라고 평했으니, 이는 이윤·주공의 사업이 어려운 것임을 말한 것입니다.

전하께서 저 몇 사람을 부르신 것은 삼대의 정치를 이루고자 하시는 것입니다. 그러나 저 몇 사람이 어찌 이윤·주공으로 자부하겠습니까? 책임이 너무 무거우면 학문이 지극하지 않다는 것으로 혐의를 둘까 두렵고, 접대가 지나치게 후하면 또 기대에 부응하지 못할까 두려워할 것입니다. 날씨가 따뜻해져 그들이 올라온 뒤에 불러보시면, 그 사람들은 반드시 아뢰는 바가 있을 것입니다. 어진 이를 신임하는 성의는 한결같이 해야 하지만, 그 사이의 접대는 참작해서 하는 것이 옳습니다. 한때는 그들을 접대하는 것이 극진하다가, 끝에 가서 능히 계속하지 못하면, 참소하는 말이 그로부터 생길 것입니다.

송 인종宋仁宗 때 한기韓琦·부필富弼·범중엄范仲淹·구양수歐陽脩·두연杜衍은 등용된 지 얼마 오래지 않아 참소를 받고 물러나 흩어졌습니다. 이들이 등용될 초기에 이미 이 몇 사람을 위해 미리 염려한 사람들이 있었습니다. 지금 이와 같이 몇몇 어진 이를 위하는 것은 세상에 드문 기이한 일입니다. 그러나 식견 있는 선비들은 혹 후환을 염려하는 자도 있을 것입니다.

음양의 소멸하고 성장하는 것은 또한 자연의 이치입니다. 지극한 정성으로 마음을 굳게 정한 뒤에야 후일 폐단이 없을 것이고, 요임금·순임금의 세상을 만들 수 있을 것입니다. 또한 부득이 성상의 학문이 고명해지신 뒤에야 정사의 잘잘못과 시비, 신하들의 현부賢否와 사정邪正을 보실 수 있을 것입니다.

『중용』 구경장九經章[61]에 '몸을 수양하면 도가 확립된다.[修身則道立]'고 하였습니다. 중용의 도는 수신을 근본으로 삼는데, 정이천程伊川[62]도 입지立志·구현求賢·책임責任을 천하를 다스리는 요체로 삼았습니다. 근본을 바로잡고 근원을 맑게 한 뒤에야 어진 이가 기꺼이 등용되려 할 것입니다. 어진 이를 등용하지 못한다면 어진 이들이 비록 큰 일을 하려 해도 어찌 능히 마음을 다할 수 있겠습니까? 이러한 뜻을 전하께서는 유념하시는 것이 좋을 것입니다."

라고 하였다.

○ 戊辰 上召對于丕顯閣 講大學 自'堯舜帥天下以仁' 止'通結上文' <중략>

又啓曰 伏承傳教 不勝感激 古之不能用賢及誠求 則得賢之意 自上知之 一國臣民之福也 頃日 李滉李恒曹植上來事 下書雖是先王之意 而自上所以繼述之者 尤重 無以加矣 但李滉則辛酉生 李恒則己未生 曹植亦辛酉生 皆七十之年也 如此日氣甚寒之時 不能召來 而既有召命 退在未安 必有悶迫遑窘之患 若以在家調病爲難 而登途得病 則亦有死於道路之患 自上欲見之心雖切 而待賢士 所當從容寬暇 不可驅迫也 若日寒有疾 則觀勢

上來事 更爲下諭何如 李俊民所啓 賢者則信任無疑之言 其意至當 而亦不能無弊矣 今之人 豈能一一如古人乎 觀其人 而的知其君子 然後信而用之可也 一時以爲善 而有所未盡 則自然見於行處矣 不得已知其然而用之 可也 微臣固難仰達 然李滉李恒則見而知之 曹植則不見不知 而嘗因朋輩 亦聞其人矣 觀李滉議論則地位甚高 祖述程朱 故其所著述 與程朱相近 我國近來 則如此之人稀罕矣 其性恬退 自少不樂仕宦 其居鄕最爲艱苦云

李恒則當初業武妄行之人 而悟而知學 做得工夫 其勇 與古人何異 閉門讀書 德器亦成 見之儼然 但武人 而初不爲科擧之學 晩年知學 故於學問 不能該通矣 曹植氣質磊落 可謂壁立千仞 可以激頑立懦 而學問則有不循規模之病矣 成運亦遺佚之士也 先王朝 承召上來 而辭病退去 年已七十餘矣 此人則無因聞之 而大槪恬惔自守者也

一時賢者 不一其人 而如李滉則表表者也 昔有王通者 所謂文中子也 隋文帝時 上疏獻策 朱子以爲不知其身之不足以爲伊周 言伊周事業之難也 自上召彼數人者 欲致三代之治 而彼數人豈以伊周自許乎 責任太重 則恐以學問未至爲嫌 而接待過厚 則亦恐其不敢當也 日暖上來後引見 則其人必有所達矣 信任之意則所當專一 而其間接待 則斟酌爲之 可也 一時極其接待 而終不能繼之 則讒說之所由生也 宋仁宗朝韓琦富弼范仲淹歐陽脩杜衍 登用未幾 被讒退散 登用之初 已有爲彼數人而預慮者矣當今如是爲之 不世奇事 而有識之士 亦或有慮其後患者矣 陰陽消長 亦其理也 以至誠堅定 然後無後日之弊 而措世唐虞矣 且

不得已聖學高明 然後政事之得失是非 群臣之賢否邪正 可見矣 中庸九經章曰 修身則道立 中庸之道 以修身爲本 而程伊川 亦以立志求賢責任 爲治天下之要矣 端本淸源 然後賢者樂爲之用 不能用賢 則賢者雖欲有爲 而豈能盡心乎 此意自上留念 可也

≪출전≫『宣祖實錄』권1, 즉위년(1567, 丁卯) 11월 17일(戊辰)

38. 조식이 봉사封事를 올려 임금의 덕에 대해 진술하다.

조식曺植을 다시 불렀으나 나오지 않고 봉사封事를 올려 임금의 덕에 대해 진술하였다. 대체로 그 내용이 명선明善과 성신誠身을 주로 한 것이었다. 봉사 끝 부분에

"신이 전일 아뢰었던 '구급救急'에 대해 아직 전하의 마음이 감동되었다고 들은 바 없습니다. 응당 늙은 유생이 정직함을 드러낸 말이라 여겨 생각을 움직이기에 부족했기 때문일 것입니다. 더구나 이번에 임금의 덕에 대해 개진한 말은 옛날 사람이 이미 말한 진부한 것에 지나지 않습니다. 그러나 그 지난 사람들의 발자취를 밟지 않고서는 다시 갈 만한 길이 없습니다."

라고 하였다. 그리고 또 서리胥吏들의 간악하고 기만하는 정상에 대해 극언하기를,

"당당한 제후국으로서 2백 년 조종祖宗의 왕업에 의지하고, 훌륭한 공경公卿·대부大夫들이 전후로 이끌어 왔는데, 정권이 서리들의 손에 넘어갔습니다. 이는 소의 귀[牛耳]에 대고도 말할 수 없는 창피한 일입니다. 윤원형尹元衡의 세력도 조정이 바로 잡았는데, 하물며 죽일 가치도 없는 여우·살쾡이·쥐새끼 같은 무리들이겠습니까?"

라고 하였는데, 임금이 답하기를,

"이 격언을 보니 더욱 재주와 학덕이 높다는 것을 더욱 알겠다. 내 마땅히 유념할 것이다."

라고 하였다.

○ 復召曺植 不至 上封事 開陳君德 大抵以明善誠身爲要 而於終篇有云 臣前日所達救急之言也 尙未聞天意感動 應以爲老儒賣直之言 不足以動念也 況此開陳君德 不過爲古人已陳之塗轍 然不由塗轍 更無可適之路矣 又極言胥吏姦欺之狀曰 堂堂千乘之國 藉祖宗二百年之業 公卿大夫濟濟 後先相率而歸政於儓隷 此不可聞於牛耳也 夫以尹元衡之勢 而朝廷克正之 況此狐狸鼠雛腰領 不足以膏齊斧乎 上答曰 觀此格言 益知才德之高矣 當留念焉

≪출전≫ 『宣祖修正實錄』 권2, 선조 1년(1568, 戊辰) 1월 1일(辛亥)

39. 조식과 성운을 부르는 비망기 전교.

임금이 비망기로 전교하였다.

"임금과 신하 사이는 실로 아비와 자식 사이 같으니, 입대할 적에 너무 굽히거나 엎드리지 않는 것이 좋겠다. 발[簾]을 앞에 쳐놓고 있을 때라도 발 안에서 발 밖의 사람을 내려다보니, 별도로 굽히거나 엎드리지 않는 것이 좋겠다. 어진 이를 높이고 간언을 받아들이는 것은 제왕의 미덕이니, 다시 조식曺植을 부르고, 아울러 성운成運도 부르는 것이 좋겠다."

○ 丁丑 備忘記傳曰 君臣之間 實如父子之間 入對之時 不甚俯伏 可也 雖垂簾之時 簾內下觀簾外之人 別無俯伏 亦可 賢賢納諫 帝王之美 更請曺植 竝請成運 可也

≪출전≫『宣祖實錄』권2, 선조 1년(1568, 戊辰) 1월 27일(丁丑)

40. 진주에 사는 조식이 성학聖學의 기본에 대해 상소하다.

조식曺植이 상소를 올려 아뢰기를,

"경상도 진주晉州에 사는 백성 조식은 참으로 황공한 마음으로 머리를 조아리며 주상 전하께 상소하나이다. 삼가 생각건대, 소신은 노쇠한 병이 점점 더해 입은 음식맛이 없고, 몸은 병석에서 일어나지 못하고 있습니다. 소명召命이 거듭 내려오니 출발 준비를 기다려서 떠나는 것도 오히려 임금을 뒤로 하는 것일 것입니다. 신의 마음은 해를 향하는 접시꽃과 같지만, 길만 바라볼 뿐 길을 나서기가 어렵습니다. 죽을 날이 머지 않아 성은에 보답할 길이 없음을 알기에, 감히 진심을 다하여 주상 전하께 올립니다.

삼가 살펴보건대, 주상께서는 상등 지혜의 자질을 타고나신데다 태평지치를 이루고 싶은 마음을 갖고 계시니, 이는 참으로 백성과 사직의 복입니다. 다스리는 도는 다른 데서 구하는 데 있지 않고, 임금에게 있는 것을 구하면 되니, 그것은 바로 명선明善과 성신誠身일 따름입니다.

이른바 명선이란 이치를 궁구하는 것[窮理]을 말하며, 이른바 성신이란 몸을 닦는 것[修身]을 말합니다. 타고난 본성 속에 온갖 이치가 다 갖추어져 있으니, 인仁·의義·예禮·지智가 바로 그 체體입니다. 온갖 선善이 모두 이로부터 나옵니다. 마음[心]은 이치가 모인 곳의 주인이며, 몸[身]은 마음이 들어있는 그릇입니다. 그 이치를 궁구하는 것은 장차 그것을 활용하려고 하는 것이며,

몸을 닦는 것은 장차 그 도를 행하려고 하는 것입니다.

이치를 궁구하는 터전이 되는 바는, 글을 읽어 의리를 밝히는 것과 사물에 응접할 적에 그것이 마땅한지 아닌지를 구하는 것이 그것입니다. 그리고 몸을 닦는 요체가 되는 것은 예가 아니면 보지말고, 예가 아니면 듣지 말고, 예가 아니면 말하지 말고, 예가 아니면 움직이지 말라는 것이 그것입니다. 안으로 본심을 보존하여 혼자만 알고 있는 마음가짐을 삼가는 것은 천덕天德이고, 밖의 일을 살펴서 그 행실을 힘쓰는 것이 왕도王道입니다.

이치를 궁구하고 몸을 닦으며 본심을 보존하고 밖을 살피는 가장 큰 공부가 되는 것은, 반드시 경敬을 위주로 해야 합니다. 이른바 경이라고 하는 것은, 몸과 마음을 정돈하고 가지런히 하며 엄격하고 정숙하게 하는 것[整齊嚴肅], 정신을 또렷하게 하고 흐리멍텅하지 않게 하는 것[惺惺不寐], 한 마음을 주로 하여 만사에 응하는 것[主一心而應萬事], 안을 곧게 하여 밖을 방정하게 하는 것[直內而方外] 등으로, 공자가 '경으로써 몸을 닦는다.[修己以敬]'고 한 것이 이것입니다.

그러므로 경을 주로 하지 않으면, 이 마음을 보존할 방법이 없습니다. 이 마음을 보존하지 않으면, 천하의 이치를 궁구할 방법이 없습니다. 이치를 궁구하지 않으면, 사물의 변화를 절제할 방법이 없습니다. 군자의 도는 일반인들도 누구나 알고 행할 수 있는 것으로부터 시작해서 가정·국가·천하에까지 넓혀 나가는 것에 불과합니다. 다만 그것은 선과 악이 나누어지는 것을 분명하게 알아서 자신의 몸이 조금도 거짓이 없는 성誠이 되도록 돌이키는 데 달려있을 따름입니다.

아래에서 사람의 일을 배우는 것[下學人事]으로부터 시작해 위로 하늘의 이치를 통달하는[上達天理] 데 이르는 것이 또한 학문을 해 나가는 차례[進學之序]입니다. 사람의 일을 버려두고 하늘의 이치를 담론하는 것은 곧 입으로만 말하는 이치[口上之理]이며, 자신에게 돌이켜 반성하지 않고 듣고 아는 것만을 숭상하는 것은 귀로 듣기만 하는 학문[耳底之學]입니다. 눈이 어지러이 휘날리는 것처럼 부화한 말만 하는 것을 말아야 하니, 그런 것에는 자신을 닦는 이치가 만무합니다.

전하께서 과연 경敬으로써 자신을 닦아 천덕天德에 통달하고 왕도王道를 행하여 반드시 지극한 선의 경지[至善]에 이른 뒤에 머무신다면, 명선明善과 성신誠身이 아울러 진취되고, 대상[物]과 내[我]가 함께 극진해져서 정사와 교화에 베풀어지는 것이 바람이 움직이고 구름이 몰려가는 것처럼 될 것입니다. 그리하여 아랫사람들 가운데 반드시 그보다 더 잘 행하는 자가 있게 될 것입니다. 다만 왕의 학문이 일반 선비의 학문과 다른 까닭은, 그 행하는 곳에서 구경九經을 더욱 중시하기 때문입니다.

『주역』이라는 책은 그때 그때의 상황에 따라 마땅하게 하는 뜻이 가장 중요합니다. 오늘날로 말하면, 임금의 신령스러운 위엄은 거행되지 않고, 정사는 은혜와 관용을 베푸는 일이 많습니다. 명령이 내리면 반대만 해서 기강이 확립되지 않은 지 여러 대가 되었습니다. 헤아릴 수 없는 위엄으로 그런 누습을 떨쳐내지 않으면 맥없이 풀어진 죽과 같은 형세를 결집할 방법이 없습니다. 또 장마의 큰비로 흠뻑 적셔주지 않으면 오랜 가뭄에 메마른 풀을 살릴 길이 없습니다.

반드시 세상을 구할 수 있는 훌륭한 보좌관을 얻어서 위·아래가 한 마음으로 공경하고 협력하기를 마치 한 배를 탄 사람처럼 한 뒤에야 무너지고 타 들어가던 형세를 조금 구제할 수 있을 것입니다. 그러나 사람을 취하는 것[取人]은 손으로 하는 것이 아니라 몸[身]으로 하는 것입니다.[63] 몸이 닦여지지 않으면 저울이나 거울처럼 공평한 판단을 할 수 있는 자기 견해가 없어서 선과 악을 알지 못하니, 사람을 등용하거나 버리거나 모두 잘못되는 것입니다. 또한 남들이 나의 쓰임이 되지 않는데, 내가 누구와 함께 다스리는 도를 이룩하겠습니까?

옛날 남의 나라를 잘 엿보는 자는, 그 나라 국세의 강약을 보지 않고, 사람을 쓰는 것이 선한 지 악한 지를 보았습니다. 여기에서 천하의 일이 극도로 어지럽고 극도로 태평한 것도 모두 사람이 그렇게 만드는 것이지, 다른 것을 말미암아 그렇게 되는 것이 아니라는 사실을 알 수 있습니다. 그렇다면 몸을 닦는다는 것[修身]은 정치를 펴는 근본[出治之本]이고, 어진 이를 등용하는 것은 정치를 행하는 근본[爲治之本]입니다. 그리고 몸을 닦는 것은 또한 사람을 얻는 근본[取人之本]입니다. 성현의 천만 마디 말에 어찌 이 자신의 몸을 닦고 사람을 등용하는 것에서 벗어난 것이 있겠습니까? 등용한 사람이 적임자가 아니면 군자가 초야에 있게 되고, 소인이 나라를 마음대로 하게 됩니다.

예로부터 권신權臣으로서 나라를 마음대로 했던 자도 있고, 외척外戚으로서 나라를 마음대로 했던 자도 있으며, 부인이나 환관으로서 나라를 마음대로 했던 자도 있습니다. 그러나 오늘날처럼 서리胥吏가 나라를 마음대로 했던 것은 아직 들어보지 못했습니다. 정권이 대부大夫에게 있어도 안 되는데, 하물며 서리에게 있는 데 있어서이겠습니까? 당당한 천승千乘[64]의 제후국으로 조종祖宗 2백 년 동안의 왕업에 힘입어 많은 공경대부들이 전후로 끊임없이 배출되었는데, 이제 서로 거느리고서 하인들에게 정사를 물려줄 수 있겠습니까? 이것은 쇠귀에 경을 읽듯이 가볍게 흘려 버릴 얘기가 아닙니다.

군대와 백성에 관한 온갖 정사 및 한 나라의 기밀에 관한 일이 모두 도필리刀筆吏[65]의 손에서 나오고 있습니다. 그들은 매우 사소한 일일지라도 대가를 주지 않으면 일을 행하지 않습니다. 그래서 재물은 안으로 모여들고 백성들은 밖으로 흩어져서 열에 하나도 남지 않았습니다. 심지어는 각각 주州·현縣을 나누어 자기의 물건으로 삼아서 문서를 만들어 자손에게 전하려 합니다.

토산물로 바치는 것을 일체 받지 않아 백성들은 한 가지 물건도 상납함이 없습니다. 토산물을 바쳐야 하는 사람은 구족九

族의 것을 모으고 가산을 팔아 관청에는 내지 않고 사가私家에다 내는데, 본래 값의 백 배가 아니면 서리들이 받지 않습니다. 나중에는 그와 같이 계속 납부할 수가 없어서 빚을 지고 도망치는 자들이 줄을 잇고 있습니다. 어찌 조종이 전해 주신 고을 백성의 공납이 엄연히 쥐새끼 같은 아전들이 나누어 갖는 것이 될 줄을 생각이나 했겠습니까? 또 어찌 전하께서 온 나라의 부富를 누리셔야 하는데, 도리어 천한 서리들이 방납防納66)하는 물자에 의지하리라 생각이나 했겠습니까?

왕망王莽·동탁董卓67)의 간계일지라도 이런 적은 없었습니다. 비록 망하는 나라의 세상에서도 이와 같은 일은 없었습니다. 이와 같이 하면서도 이들은 만족하지 않고 임금의 내탕고內帑庫의 물건까지 훔쳐내고 있습니다. 그래서 나라에는 조금의 저축도 없으니, 나라는 나라꼴이 아니고, 도적이 도성에 가득합니다. 나라는 단지 텅 빈 그릇만 안고 있듯이 뼈만 남은 앙상한 나무처럼 서 있습니다. 조정에 있는 모든 사람들은 목욕재계를 하고 이들을 함께 토벌해야 할 것입니다. 만약 힘이 모자라면 사방의 사람들을 불러모아 분주히 임금을 도와서 잠자고 밥 먹을 겨를도 없이 주선해야 할 것입니다.

오늘날은 사람들이 모인 무리 중에 도적질하는 자가 있으면 장수에게 명을 내려 죽이거나 체포하게 하는데, 하루도 걸리지 않습니다. 그런데 서리나 아전들이 도적질을 하고, 모든 관아의 하리下吏가 한 무리가 되어 나라의 심장까지 들어가 점거를 하고서 나라의 맥을 해쳐 없어지게 하고 있습니다.

이들은 하늘의 신과 땅의 신에게 제사를 지낼 희생을 훔칠 뿐만이 아닌데, 법관은 감히 문책을 하지 못하고, 형벌을 맡은 관리도 감히 꾸짖지 못하고 있습니다. 혹 한 관아의 관원이 조금 그들을 규찰하려 하면, 문책하고 파직하는 권한이 그들의 손아귀에 있기에, 관원들은 속수무책으로 겨우 녹봉이나 타 먹고 살며 '예, 예' 하고 순응하면서 물러갑니다. 이것이 어찌 저들이 믿을 데가 없는데도 이처럼 기탄 없이 방자하게 날뛰는 것이겠습니까? 초楚나라 왕이 이른바 '도적이 총애를 받으면 물리칠 수 없다.'[68]고 한 것이, 바로 이런 것입니다.

교활한 토끼가 세 개의 굴을 파놓듯이[69] 저마다 여러 갈래로 빠져나갈 구멍을 만들어 놓고, 시내의 조개가 단단한 껍데기를 뒤집어쓰고 있듯이 자신을 보호해 줄 방패를 갖추어 놓고서, 몰래 독을 품고 온갖 가지 일을 꾸미고 있습니다. 사람이 능히 다스릴 수 없고, 법으로도 제재를 가할 수 없습니다. 이는 성城에 굴을 파고 사는 여우나 토지신을 모신 사社에 집을 짓고 사는 쥐와 같아서 불을 때거나 물을 대어서 쫓아낼 수 없기 때문입니다.

또한 '교활한 토끼처럼 세 개의 굴을 파놓은 자'가 과연 누구이겠습니까? 그리고 '조개 껍데기 같은 방패를 뒤집어쓴 자'라고 어찌 벌이 없어서야 되겠습니까? 전하께서 크게 노하시어 한 번 하늘의 기강을 진동하시고, 재상들과 얼굴을 맞대고 의논하여 그 까닭을 궁구하십시오. 그리고 순舜임금이 사흉四凶을 물리치듯,[70] 공자孔子가 소정묘少正卯를 죽인 것[71]처럼 전하께서 직접 결단하시면, 능히 악을 미워하는 극진한 도리를 다하게 되어 크게 백성의 마음을 두렵게 하고 복종시킴이 있을 것입니다.

만약 언관言官이 이런 일을 하자고 건의하기를 그치지 않아, 어쩔 수 없이 그 말을 따를 수밖에 없게 된 뒤 억지로 힘쓰며 구차하게 따른다면, 선악이 있는 곳과 시비가 나뉘어지는 바를 알지 못하여 임금된 도리를 잃게 될 것입니다. 임금이 도를 잃고서 능히 백성을 다스리는 경우가 어찌 있을 수 있겠습니까? 그러므로 나의 밝은 덕[明德]이 이미 밝혀지면, 거울처럼 밝은 덕이 여기에 있어 어떤 사물이든 비추지 않음이 없는 것입니다. 덕과 위엄이 더해지는 곳은 초목도 모두 휩쓸릴 것인데, 하물며 사람이야 말해 무엇하겠습니까? 신하들이 다리를 벌벌 떨며 전전긍긍 분주하게 주선하면서 왕명을 받드는 데 겨를이 없을 것인데, 어찌 한 치인들 간사함을 용납하는 계책이 있을 수 있겠습니까?

정사를 어지럽힌 대부에게도 오히려 일정한 형벌이 있어야 합니다. 저 막강한 윤원형尹元衡[72]의 세도도 조정이 능히 바로잡았는데, 하물며 이따위 여우나 쥐새끼 같은 놈들의 목을 치는 데에는 여러 도끼에 기름칠 할 것도 없을 것입니다. '우뢰와 비가 한 번 내리면 천지에 쓰러졌던 초목이 다 소생한다'[73]고 한 것은, 이는 위에서 임금이 몸을 닦으면 아래에서 나라가 다스려진다는 것을 말한 것입니다.

조정에 포진하고 있는 사람들 중 누군들 뛰어난 보좌관이 아니겠으며, 누군들 아침 일찍부터 밤늦게까지 부지런히 일하는 어진 신하가 아니겠습니까? 그러나 간사한 신하들이 자기를 헐뜯으면 그들을 제거하지만, 간사한 서리들이 나라를 좀먹는 경우는 그들을 용납하며, 자신만 살기를 도모하고 나라를 유지하는 것은 도모하지 않고 있습니다. 명철한 사람도 어리석은 사람처럼 처신하지 않는 이가 없어서, 근심스러운 상황에 처해 있으면서도 아랑곳하지 않으니, 이 어찌 사람들이 도모하기를 굳세게 하지 않는 것이 아니겠습니까? 하늘이 명한 것이 있는데, 사람이 하늘의 명을 이기지 못하여 그런 일이 있는 듯합니다.

신은 본디 깊은 산 속에 살면서 이런 상황을 굽어보고 우러러 살피며 탄식하고 근심하다가 눈물을 흘린 것이 여러 번이었습니다. 신은 전하와 군신君臣의 교분이 조금도 없습니다. 임금의 은혜에 감격한 것이 무엇이 있기에 탄식하며 눈물 흘리기를 그치지 못하겠습니까? 교분은 얕은데 아뢰는 말은 깊어졌으니, 실로 신에게 죄가 있습니다.

다만 생각건대, 이 몸이 이 나라에서 생산된 곡식을 먹고산 지 여러 대 된 백성이고, 외람되이 세 조정의 징사徵士가 되었으니, 오히려 부질없이 나라를 걱정하던 주周나라의 과부[74]에 스스로를 비유할 수 있습니다. 그러니 전하께서 소명을 내려 부르시는 날 한 마디 말도 없을 수야 있겠습니까?

신이 전날 아뢴[75] 바 '급한 것을 구제하십시오[救急]'라고 한 일에 대해, 전하께서 불 속의 사람을 구제하듯 물에 빠진 사람을 건지듯이 급급하게 하고 계시다는 소문을 아직 듣지 못했습니다. 응당 '늙은 선비가 자신의 정직함을 아뢴 말인지라 도모할 바가 못 된다'고 생각하실 것입니다. 그런데 하물며 이번에 아뢴 '임금의 덕'에 관한 말씀은 옛날 사람이 이미 말한 묵은 것에 불과한 데 있어서이겠습니까?

그러나 지난 사람이 말한 것을 말미암지 않으면 다시는 갈 만한 길이 없습니다. 임금의 덕을 밝히지 않고서 통제하고 다스리기를 구하는 것은 배 없이 바다를 건너는 것과 같으니, 다만 스스로 빠져 죽게 될 따름입니다. 이번에 아뢴 것은 앞서 아뢴 것보다 그 기미가 더욱 급합니다. 전하께서 신의 말을 버리지 않고 아름답게 여겨 용납하신다면 신은 천리 밖에 있을지라도 오히려 전하의 앞에 있는 것과 같을 것입니다. 하필 이 늙은이의 얼굴을 대하신 후에야 '신을 동용했다'고 하겠습니까?

또한 듣건대, 임금을 섬기는 자는 헤아려 본 뒤에 조정에 들어간다고 하니, 실로 신은 전하가 어떤 군주인지를 모르겠습니다. 신의 말을 좋아하지 않고 단지 신을 보려고만 하실 뿐이라면, 섭공葉公이 용을 좋아하던 일[76]처럼 될까 두렵습니다.

오늘 전하께서 밝게 보셨느냐 밝게 보시지 못했느냐에 따라 앞으로의 치도治道가 성공할지 실패할지를 점칠 수 있을 것입니다. 삼가 전하께서는 이 점을 살피시기 바랍니다. 삼가 소를 올립니다."

라고 하니, 임금이 답하기를,

"전날 아뢴 뜻을 내가 항상 자리 옆에 두고 살펴보고 있는데, 또 이 격언을 보니 더욱 그대의 재주와 덕이 높은 것을 알겠다. 내 비록 영민하지 못하지만 응당 유념할 것이니, 그대는 그리 알라."

라고 하였다.

○ 乙亥 慶尙道晉州居民曺植 誠惶誠恐 拜手稽首 上疏于主上殿下 伏念 微臣衰病轉加 口不思食 身不離席 召命申疊 俟駕猶後 葵心向日 望道難進 固知死亡無日 無以報聖恩 敢竭心腹以進冕旒 伏見 主上稟上智之資 有願治之心 此固民社之福也

爲治之道 不在他求 要在人君明善誠心而已 所謂明善者 窮理之謂也 誠身者 修身之謂也 性分之內 萬理備具 仁義禮智 乃其體也 萬善皆從此出 心者 是理所會之主也 身者 是心所盛之器也 窮其理 將以致用也 修其身 將以行道也 其所以爲窮理天地 則讀書講明義理 應事求其當否 其所以爲修身之要 則非禮勿視聽言動 存心於內 而謹其獨者 天德也 省察於外 而力其行者王道也 其所以爲窮修存省之極功 則必以敬爲主 所謂敬者 整齊嚴肅 惺惺不寐 主一心而應萬事 所以直內而方外 孔子所謂修己以敬者 是也 故非主敬 無以存此心 非存心 無以窮天下之理 非窮理 無以制事物之變 不過造端乎夫婦 以及於家國天下 只在明善惡之分 歸之於身 誠而已 由下學人事 上達天理 又其進學之序也 捨人事而談天理 乃口上之理也 不反諸己 而多聞識 乃耳底之學也 休說天花亂落 萬無修身之理也

殿下果能修己以敬 達天德行王道 必至於至善而後止 則明誠竝進 物我兼盡 施之於政教者 如風動而雲驅 下必有甚焉者矣

獨王者之學 或異於儒者 以其行處尤重於九經也 易之爲書 隨時之義最大 由今言之 王靈不擧 政多恩貸 令出惟反 紀綱不立者數世矣 非振之以不測之威 無以聚百散糜粥之勢 非潤之以大霖之雨 無以澤七年枯旱之草 必得命世之佐 上下同寅協恭 如同舟之人 然後稍可以濟頹靡燋渴之勢矣

然取人者 不以手而以身 身不修 則無在己之衡鑑 不知善惡而用舍皆失之 人且不爲我用 誰與共成治道哉 古之善覘人國者不觀其國勢之强弱 觀其用人之善惡 是知天下之事 雖極亂極治皆人所做 不由乎他也 然則修身者 出治之本 用賢者 爲治之本而修身 又爲取人之本也 千言萬語 豈有出此修己用人之外者乎用非其人 則君子在野 小人專國

自古權臣專國者 或有之 戚里專國者 或有之 婦寺專國者 或有之 未聞有胥吏專國 如今之時者也 政在大夫 猶不可 況在胥吏乎 堂堂千乘之國 籍祖宗二百年之業 公卿大夫濟濟先後 相率而歸政於儓隷乎 此不可聞於牛耳也 軍民庶政 邦國機務 皆由刀筆之手 絲粟以上 非回俸 不行 財聚於內 而民散於外 什不存一至於各分州縣 作爲己物 以成文券 許傳其子孫 方土所獻 一切沮却 無一物上納 賚持土貢者 合其九族 轉賣家業 不於官司 而納諸私室 非百倍 則不受 後無以繼之 逋亡相屬 豈意祖宗州縣臣民貢獻 嚴爲鼯鼠所分之有乎 豈意殿下享大有之富 而反資於僕隷防納之物乎 雖莽卓之奸 未嘗有此也 雖亡國之世 亦未嘗有此也 此而不厭 加以偸盡帑藏之物 靡有尋尺斗升之儲 國非其國盜賊滿車下矣

國家徒擁虛器 枵然骨立 滿朝之人 所當沐浴共討 力或不足則號召四方 奔走勤王 而不遑寢食者也 今人之相聚者 有草竊則命將誅捕 不竢終日 小吏爲盜 百司爲群 入據心胸 賊盡國脈則不啻攘竊神祇之牷牲 法官莫敢問 司寇莫之詰 或有一介司員稍欲糾察 則譴罷在其掌握 衆官束手 僅喫饘粟 唯唯而退 斯豈無所恃 而跳梁橫恣 若是其無忌耶 楚王所謂 盜有寵 不可得去者 此也 各存狡免之三窟 以備川蚌之一甲 潛懷蠆毒 萋斐百端人不能治 法不能加 作爲城社之鼠 已不能燻灌 抑爲三窟者 果何人耶 作爲介甲者 其無罰乎 殿下赫然斯怒 一振乾綱 面稽宰執 以究其故 斷自宸衷 如大舜之去四凶 孔子之誅正卯 則能盡惡惡之極 而大畏民志矣

若言官論執不已 迫於不得已 而後黽勉苟從 則不知善惡所在是非之所分 失其爲君之道矣 焉有君失其道 而能治人者乎 故我之明德旣明 則如鑑在此 物無不照 德威所加 草木皆靡 況於人乎 群下股慄 兢惕奔走 承命之不暇 庸有一寸容奸之計乎 亂政大夫 猶有常刑 夫以尹元衡之勢 而朝廷克正之 況此孤狸鼠雛腰領 未足以膏諸斧乎 雷雨一發 天地仆解 此之謂身修於上 而國治於下者也

布列王國者 誰非命世之佐 誰非夙夜之賢耶 奸臣軋己則去之奸吏蠹國則容之 謀身而不謀國 靡哲不愚 以樂居憂 斯豈人謀之不兢耶 若有天之所命 人不能勝天而然耶 臣素居深山 俯察仰觀噓唏掩抑 繼之以淚者 數矣 臣之於殿下 無一寸君臣之分 何所感於君恩 齎咨涕洟 自不能已耶 交淺言深 實有罪焉 獨計身爲

食土之毛 尙爲累世之舊民 添作三朝之徵士 猶可自比於周嫠 可無一言於宣召之日乎

臣之前日所陳救急之事 尙未聞天意急急如救焚拯溺 應以爲老儒賣直之說也 未足以動念也 況此開陳君德者 不過古人已陳之塗轍 然不由塗轍 則更無可適之路矣 不明君德 而求制治 猶無舟而渡海 祗自淪喪而已 其機益急於前所陳者 萬萬矣 殿下若不棄臣言 休休焉有容焉 則臣雖在千里之外 猶在机筵之下矣 何必面對老醜 而後曰用臣乎 抑又聞事君者 量己而後入 實未知殿下爲何如主也 若不好臣言 後欲見臣而已 則恐爲葉公之就也 請以今日睿鑑之明暗 卜爲來日治道之成敗 伏惟上察 謹疏

答曰 頃日所志 予常置諸座右 觀省之際 觀此格言 益知才德之高矣 予雖不敏 亦當留念 爾其知悉

≪출전≫『宣祖實錄』권2, 선조 1년(1568, 戊辰) 5월 26일(乙亥)

41. 경상감사가 남의 집을 헐어버린 진주 유생에 대해 죄줄 것을 아뢰다.

경상감사가 남의 집을 헐어버린 진주晉州 유생에 대해 죄를 줄 것을 아뢰었다. 이에 앞서 진주의 고 진사 하종악河宗岳의 후처가 홀로 살았는데 음행淫行이 있다는 소문이 마을에 자자하였다. 처사 조식曺植이 우연히 그 일을 문인 정인홍鄭仁弘·하항河沆 등에게 말하였는데, 정인홍 등이 감사에게 통보하여 옥사를 일으켰다. 이를 다스리는 과정에서 몇 명이 죽었다. 조식은 또 친구 이정李楨이 하종악의 후처와 인척 관계로 그 일을 몰래 비호했다고 여겨 서신을 보내 절교하면서 그의 죄상을 낱낱이 거론하였다. 그리고 하항 등은 그 옥사가 성립되지 않은 것을 분하게 여긴 친구들을 데리고 가서 하종악의 집을 헐어버렸다. 감사는 하항 등을 잡아 가두었다. 그러자 홍문관이 차자箚子를 올려 그들을 신원해 구했다. 또 옥사를 성립시키지 못했다는 이유로 추관推官들이 대관臺官의 탄핵을 받아 파직당한 자가 많았다. 이 일로 인해 조정의 논의가 분분하였다. 임금이 경연에 나아가 입시한 신하들에게 그 일에 대해 물으니, 대사헌 박응남朴應男 등이 아뢰기를,

"집을 헐어버린 유생들은 무뢰배이지 유생이 아닙니다. 그들의 죄를 다스리지 않으면 훗날 또다시 그런 일이 발생할까 염

려됩니다."

라고 하였다. 대신 홍섬洪暹도 그 논의를 옳게 여겼다. 그러나 그 일이 끝내 실행되지 않았다. 영남 선비들이 집을 부수고 고을에서 쫓아내는 풍습이 이로부터 생겼다.【이정李楨이 편지로 질문한 것에 이황李滉이 답하면서 "친구 사이에 사소한 일로 서로 금이 가 화해하지 못한 점은 나로서는 이해할 수 없는 일이다."라고 하였다. 뒤에 이 서신이 세상에 전해지자, 정인홍은 추급해 이황을 비난하고 글을 지어 공박하였는데, 죽을 때까지 그만두지 않았다. 영남 선비들의 분당分黨의 화근도 실은 여기에서 비롯된 것이다.】

○ 朔甲辰 慶尙監司啓晉州儒生毁人家斷罪事 先是 晉州故進士河宗岳後妻寡居 以淫行聞於鄕里 處士曺植偶與門人鄭仁弘河沆等言其事 仁弘等通于監司 按治起獄 死者數人 植又以其友人李楨 以河妻姻黨 陰庇其事 發書絶交 歷數其罪 河沆等憤其獄事不成 率倡朋徒 破毁河家 監司仍繫囚沆等 弘文館上箚伸救 又以獄不成故 推官被臺劾坐罷者多 朝論亦相左右 上御經筵問於入侍諸臣 大司憲朴應男等啓 毁家儒生 便是無賴 非儒生也 若不治罪 恐後日復然 大臣洪暹亦是其議 事竟不行 嶺南士人毁家黜鄕之習 始此【李滉答李楨書問 以朋儕間仍小事相失不解 爲不可曉云 後其書傳於世 鄭仁弘追咎滉 著書攻斥 終身不已 嶺南分黨之禍 亦始於此矣】

≪출전≫『宣祖修正實錄』권3, 선조 2년(1569, 己巳) 5월 1일(甲辰)

42. 조강朝講이 끝난 뒤 대사헌 박응남朴應男 등이 진주 유생의 옥사를 아뢰다.

임금이 문정전文政殿에서 열린 조강에 나아갔다. 『논어』「위령공衛靈公」을 강하였다. 강이 끝난 뒤, 대사헌 박응남朴應男, 헌납 민덕봉閔德鳳, 경연관 신응시辛應時·정탁鄭琢 등이 각각 진주 유생의 옥사를 아뢰었다.【박응남·민덕봉은 반드시 죄를 다스린 뒤에야 두려워 꺼리는 바가 있을 것이라 아뢰었고, 신응시·정탁은 그 정상을 살펴보면 사사로운 혐의에서 나온 것은 아니니 지금 죄를 가한다면 성조聖朝의 아름다운 일이 아닐 것이라고 아뢰었다.】

기대승奇大升이 아뢰기를,

"각각 자기 생각대로 아뢰는 것은 지당합니다. 다만 이 일은 헛된 말이 자못 많은데다 전한 자도 잘못이 있고 들은 자도 잘못이 있습니다. 자세히 알지 못하고서 혹 잘못 아뢴 경우도 있으니, 매우 미안합니다. 어제 경연에서 들은 바에 의하면, 50여 명이 옥에 갇혔다고 합니다.【최원崔遠의 말이다.】이 역시 잘못입니다. 감사가 옥에 가둔 자들의 명단을 소신이 보니, 이희만李希萬만 가두었습니다. 온 고을 사람들이 모두 들고일어났다는 것도 잘못입니다. 단지 한 면面의 사람이 저지른 소행입니다.

또 '이 사건은 원고와 피고 사이의 일도 아니므로 죄를 다스릴 수 없습니다'【신응시의 말이다.】라고 아뢰었는데, 거짓으로 호소한 죄는 다스릴 수 없지만, 남의 집을 훼철毁撤한 죄는 다스리지 않을 수 있겠습니까? 그 추안推案77)을 보면, 그 들이 그 집을 훼철하기 전에 하종악河宗岳의 종을 잡아다가 말하기를 '하종악의 처는 하씨 가문과 이미 의리가 끊어진 사이니, 그 교령敎令에 복종할 수 없다.'고 하고서, 다그쳐 다짐을 받았다고 합니다. 이 역시 해서는 안 될 일입니다.

홍문관에서 아뢴 뜻은, 유생에게 죄를 가하는 것은 미안하게 된다는 이유였습니다. 소신의 미혹하고 용렬한 생각으로는, 유생이 당연히 해야 할 일을 했다면 괜찮겠으나, 지금의 행위는 유자儒者의 일이 아니라, 곧 무뢰배들의 일이라고 여겨집니다."

라고 하였다. 김응남이 아뢰기를,

"지금 죄를 다스리지 않으면, 훗날 이와 같은 일이 발생하였을 때, 매우 편치 않을 것입니다. 이희만 · 하옹河滃 · 하항河沆 등 3인이 창도하여 많은 사람들로 하여금 그릇된 일을 하게 하였으니, 이 세 사람만이라도 죄를 주는 것이 옳습니다."

라고 하였다. 기대승이 다시 아뢰기를,

"소신은 죄를 가하려고 이와 같이 아뢴 것은 아닙니다. 다만 이 일의 시비가 현란하여 그 실상을 알 수 없습니다. 소문만 듣고서 혹 잘못 아뢴 사람도 있으니, 지극히 미안한 일이 됩니다. 죄를 주든 죄를 주지 않든 마땅히 그 실상을 파악해 조처하는 것이 옳을 것입니다. 옥당에서 아뢴 것도 사사로운 뜻이 있는 것은 아닙니다. 단지 밖으로부터 전해 들은 것을 가지고 아뢴 것일 뿐입니다. 하인서河麟瑞도 처음에는 발명단자發明單子에 이름이 들어 있었는데, 그 후 훼철을 주도하였습니다. 그 연유를 심문했더니, '처음에는 실정을 자세히 알지 못한 상태에서 그녀의 사촌 정몽상鄭夢祥【하종악의 후처의 사촌이다.】이 내게 와서 사정하기에 서명署名하였는데, 후일 다시 들으니 그 일이 확실하였기 때문에 훼철한 것이다.'라고 하였습니다. 한 마을에 같이 살고 있는데, 어찌 모를 리가 있어 전후의 말이 이와 같이 어긋난단 말입니까? 그에 관한 말이 나왔기 때문에 아뢰지 않을 수 없습니다.

조식曺植이 진주에 살고 있는데, 젊은 사람들이 이 일을 조식에게 고하였습니다. 조식은 악을 미워하는 사람이고, 또 이름이 있는 사람입니다. 이에 감사 및 여러 사람들에게 이 사실을 말하였습니다. 그러므로 처음에 잡아 가두었으나, 단서를 잡지 못하여 마침내 석방한 것입니다. 그 후 추관推官으로서 파직된 자들은 모두 조식이 자꾸 부당성을 제기하여 그렇게 된 것입니다. 조식은 현자賢者로서 빈 말을 할 사람이 아니므로 그 일이 이 지경에 이른 것입니다. 또한 장자長者가 말한 것이므로 온 고을의 경망한 사람들이 서로 전파한 것입니다.

당시 모두 조식을 현자라 하였습니다. 소신이 지금 이 말씀을 아뢰는 것이 대단히 미안합니다. 다만 조식도 사심私心이 있어 그와 같이 한 것은 아닙니다. 자연히 믿을 만한 사람이 그런 말을 하였기 때문에 통분을 금치 못하여 그렇게 한 것입니다."

라고 하였다. 홍섬洪暹이 아뢰기를,

"지금 대사헌이 아뢴 것을 들으니, 한양으로 사람을 보내 조정의 관원을 협박하였으며, 회문回文[78]이 돌자 그 집에 불을 지르고 그 방을 훼철하는 등의 일이 있었다고 합니다. 이런 일은 모두 유자의 일이 아닙니다. 죄를 다스리고 문책하는 것을 보이는 것도 옳을 것입니다. 다만 옥에서 죽기라도 하면 매우 온당하지 못하니, 성심聖心으로 판단하셔야 할 것입니다."

라고 하였다. 기대승이 아뢰기를,

"그 죄를 다스리려고 하는 까닭은 고문하려는 것이 아닙니다. 또 이른바 '그 집에 불을 질렀다'고 하는 것도 그 집을 불태운 것이 아니고, 그 집의 기와만 헐어 낸 것입니다. 이에 대해서는 이미 승복하였으니, 약간 죄에 대한 벌을 가한다고 전하의 성스러운 덕에 무슨 해로움이 있겠습니까? 이 일은 지극히 우려할 만한 것입니다.

조식은 이름이 있는 사람입니다. 또한 유생들이 추문推問을 당했기 때문에 그 곳 7~8읍 유생들이 상소를 하였는데, 감사가 받아들이지 않았다고 합니다. 조식은 하종악의 전처의 딸과 서로 연결이 되고, 이정李楨의 첩은 하종악의 후처와 서로 연결이 됩니다. 이정은 '은미한 일인지라 남들에게 알려져서는 안 된다.'고 생각해 그들을 구제한 듯합니다. 이 두 사람【이정李楨과 조식曺植이다.】은 평소 서로 교분이 있었으나, 지금 이 일로 인해 조식이 이정을 그르다 하므로, 젊은 사람들도 모두 이정을 그르다고 합니다. 하종악의 처가 행실을 바르게 하지 못한 일이 이름 있는 장자長者들까지 틈이 생기게 하였습니다. 젊은 사람들도 서로 비방을 하니, 매우 미안하게 되었습니다. 한양에서의 의논도 그들의 말과 서로 다릅니다. 기밀에 관계된 것이 매우 엄중한데, 전하께서 어찌 아시겠습니까? 마침 말을 꺼냈기 때문에 감히 아뢰옵니다."

라고 하였다. <이하 생략>

○ 甲子 上御朝講于文政殿 講論語衛靈公篇 大司憲朴應男 獻納閔德鳳 經筵官辛應時鄭琢等 各陳晋州儒生獄事【應男德鳳 則以爲必治罪 然後有所畏憚 應時琢以爲原其情 則非出於私

嫌 今若加罪 則恐非聖朝之美事】奇大升啓曰 各以其意 啓之至當 但此事虛言頗多 傳者有誤 而聞者亦誤 不能詳知 而或至誤啓者 有之 極爲未安 昨聞經席之言 以爲五十餘人 入于獄中云【崔運之言也】此亦誤矣 小臣見監司囚徒 只囚李希萬矣 一州之人 供擧之言亦誤 只其一面之人所爲也 非元隻間事 不可治罪云【辛應時之言也】若誣訴之罪 則雖不可治 而毁撤人家之罪獨不可治乎 見其推案 則其人等當其未毁撤之前 捉致河宗岳之奴 而言之曰 河宗岳之妻於河家 旣已義絶 其教令不可服從云而督捧侤音 此亦不可爲之事也 弘文館所啓之意 則以加罪儒生爲未安故也 小臣迷劣之意以爲 儒生爲其所當爲之事 則可也 今之所爲 非儒者之事 而乃是無賴人之事也

應男曰 今若不治 則後日亦將有如此事 至爲未便 李希萬河瀣河沆等三人唱導 致使許多人 作爲非事 只罪三人 可也 大升曰 小臣非欲加罪 而如此啓之 但此事是非眩亂 不知其實 而只以所聞 或有誤啓者 至爲未安 罪與不罪 當知其實而處之爲可玉堂之啓 亦非有私意也 只以傳聞於外間 而啓之也 河麟瑞亦當初着名於發明單子 而厥後乃唱導毁撤 推問其由 則以爲當初不能細知 而其四寸鄭夢祥【宗岳後妻之四寸也】來乞 故着名 後日更聞 則其事的實 故毁撤云 同居里閈 安有不知之理 而前後之言 若是相戾哉 言端已發 不可不達 曺植居于晋州 而年少人輩 以此事言之於植 植乃嫉惡之人 而且有名字者也 乃言於監司及衆人處 故當初捉囚 而未得端緖 遂放之矣 厥後推官見罷者皆曺植喧鬨而然也 植乃賢者 而必不虛言之人 故其事至於此 且

長者言之 是以一鄕妄人 亦相與傳播矣 當時 皆以曺植爲賢 小臣今以此言啓之 至爲未安 但曹植亦非有私心而如此也 自然可信之人言之 故不勝痛憤而然矣

洪暹啓曰 今聞大司憲所啓 則遣人來京 恐怯朝官 及出回文而火其家毁其室等事 此皆非儒者之事也 略示罪責 亦可 但或至死于獄下 則極爲未安 所當裁自聖心者也 大升曰 所以欲治其罪者 非欲拷訊也 且所謂火其家云者 亦非火其家 而只撤其瓦 此則旣已承服 稍加罪罰 有何妨於聖德乎 此事極爲可慮也 曺植有名之人也 且儒生被推 故其處七八邑儒生等上疏 而監司不捧云 曹植與河宗岳前室女子相連 李楨之妾 與河宗岳後妻相連 李楨以爲隱微之事不可知也 似爲救之 二人【楨與植也】平日則相與爲交 今因此事 曺植以李楨爲非 年小人輩 亦皆以李楨爲非云 以宗岳妻失行之事 至於名類長者 有其間隙 年少人亦相排訐 極爲未安 京中議論 亦與之相判 機關甚重 自上何以知之 適發言端 故敢啓

<下略>

≪출전≫『宣祖實錄』권3, 선조 2년(1569, 己巳) 5월 21일(甲子)

43. 처사 조식을 다시 불렀으나 나오지 않다.

처사 조식曺植을 다시 불렀으나 나오지 않았다.

○ 復召處士曺植 不至

≪출전≫ 『宣祖修正實錄』 권4, 선조 3년(1570, 庚午) 12월 1일(甲午)

44. 선조가 조식에게 음식물을 내려 주라 명하니, 조식이 사양하는 상소를 올리다.

임금이 조식曺植에게 음식물을 내려주라고 명하니, 조식이 상소하여 사양하고 또 아뢰기를,

> "전하의 국사는 이미 잘못되어 어느 하나도 믿을 만한 것이 없습니다. 신이 누차 소장을 올렸으나 시행되지 않으니, 청컨대 다시 '군의君義' 두 자를 바칩니다."

라고 하였다.

○ 命賜曺植食物 植上疏辭謝 且言 殿下國事已去 無一線可恃 臣累陳荒疏 未蒙施行 請以君義二字爲獻

≪출전≫ 『宣祖修正實錄』 권5, 선조 4년(1571, 辛未) 3월 1일(壬戌)

45. 조식이 음식물을 하사한 것에 대해 감사하는 상소를 올리다.

조식이 상소하기를,

"조봉대부朝奉大夫 전 수 종친부 전첨守宗親府典籤 신 조식은 황공한 마음으로 머리를 조아리고 주상 전하께 사은謝恩하나이다. 지난 4월 신에게 식료食料를 하사하는 전교를 삼가 받들었습니다. 신처럼 어리석고 늙은 자가 어떻게 임금님의 총애를 받을 수 있겠습니까?

엎드려 생각건대, 하늘의 해와 같은 전하께서는 구중궁궐에 계시고, 신이 사는 초야는 천리나 멀리 떨어져 있습니다. 그러나 상한 것처럼 가엽게 여기시는 전하의 백성을 사랑하는 은택은 아무리 멀어도 미치지 않는 곳이 없어서, 그 은혜가 먼저 이 늙은 신에게 이르렀습니다. 신은 결초보은하고 싶지만 보답하기가 어렵습니다.

다만 생각건대, 선비가 길에 버려져 있음은 국토를 가진 군왕의 수치입니다. 전하께서 그 걱정을 자임하셨지만, 신은 개인적인 고마움을 감당치 못하겠습니다. 비유하자면, 한 포기의 풀이 하늘이 내리는 비와 이슬을 받아 살지만, 하느님에게 우러러 감사할 방법이 없는 것과 같습니다.

그런데도 오히려 구구한 작은 정성으로 우러러 사은함을 그만두지 못하는 것은, 성상께서 이미 혜선惠鮮[79]의 성은을 내리셨으니, 미천한 신이 어찌 감히 근폭芹曝[80]을 올림이 없을 수 있겠습니까? 옛말에 '대답하지 않아도 되는 말은 없고, 보답하지 않아도 되는 덕은 없다.'[81]고 하였습니다. 삼가 한 말씀 아뢰어, 전하의 특별한 은혜에 대한 보답으로 삼고자 합니다.

삼가 살펴보건대, 전하의 나랏일은 이미 잘못되어 한 가닥도 손을 쓸 곳이 없습니다. 그런데도 신료들과 여러 관리들은 빙 둘러서서 바라보기만 할 뿐, 구제하지 못하고 있습니다. 이들은 이미 어떻게 해 볼 수 없다는 것을 알고서, '어찌 할꼬?'라고 걱정하지 않은 지가 오래되었습니다. 이런 상황을 전하께서 보고서도 알지 못하셨다면 전하의 총명을 가리운 것이 있기 때문이고, 알고서도 그것을 혁파할 생각이 없으셨다면 나라에 주인이 없는 셈입니다.

지난해[82]에 신이 두 번이나 거친 상소를 올려, '헤아릴 수 없이 큰 임금의 위엄으로 진작시키지 않으면 온갖 갈래로 흩어져 풀어진 죽처럼 된 형세를 구제할 길이 없으며, 큰 장마의 비로써 만물을 적셔주지 않으면 7년 가뭄에 말라비틀어진 풀을 소생시킬 길이 없다.'고 하였습니다. 이런 상소를 올린 지 벌써 오랜 세월이 흘렀습니다. 그러나 전하께서 급히 은혜와 위엄을 내려 기강을 확립했다는 소식을 아직까지 듣지 못했습니다.

위엄을 내리고 복을 주는 권한이 자신에게 있는데도 이를 스스로 장악하지 못하고서, 오히려 신하들이 강하다는 전교를 내리시어, 신하들로 하여금 감히 말을 할 수 없게 하였습니다. 그래서 여러 신하들은 해이해져서 수수방관하며 그럭저럭 세월만 보내고 있습니다. 나라의 기운이 마침내 시들해져서 오늘날까지 이어지고 있습니다.

이 늙은 신하는 단지 비와 이슬 같은 전하의 은혜에 감사할 뿐, 전하의 미흡한 점을 보필할 방법이 없습니다. 삼가 '임금은 의로움을 행하소서.'라는 뜻으로 '군의君義' 두 자를 올려, 몸을 닦고 나라를 다스리는 근본으로 삼으시길 바랍니다. 굽어살피소서. 신 조식은 절하고 머리를 조아리면서 죽음을 무릅쓰고 사은합니다."

라고 하니, 임금이 답하기를,

"올린 소장疏章을 살펴보니, 그대의 나라를 걱정하는 정성을 알 수 있다. 초야에 살고 있지만 나라를 걱정하는 마음을 조금도 잊지 않으니, 매우 가상하게 생각한다. 하사한 것은 보잘 것 없는 물건이니 사례할 것이 뭐 있겠는가. 그대는 사례하지 말라."

라고 하였다.

○ 丙子 奉大夫前守宗親府典籤臣曺植 誠惶誠恐 頓首頓首 謝恩于主上殿下 伏蒙去四月敎 賜臣以食料者 如臣愚老者 顧何以承天寵乎 伏惟 天日隔於九重 草澤遇於千里 如傷之恩 無遠不屆 先及老民 老民雖欲結草而難報 獨念士橫道而偃 有土之羞也 殿下自任其憂 臣不任私謝 比猶一草沾濡 無以仰謝天工 猶且區區少誠 仰謝不已者 聖上旣不惠鮮之恩 微臣敢無芹曝之獻乎 無言不酬 無德不報 古有說矣 恭陳一辭 進爲殊恩之報 伏見殿下之國事已去 無一線下手處 諸臣百工 環視而莫救 已知無可奈何 不曰如之何者 久矣 若殿下視而不知 則明有所蔽矣 知而罔念 則國無主矣 往年 臣嘗再陳荒疏以爲 非振之以不測之威 無以濟百散糜粥之勢 非潤之以大霖之雨 無以澤七年枯旱之草 于今有年月矣 未聞殿下亟下恩威 以立紀綱 威福在己 而不自摠攬 尙下臣强之敎 使不得敢言 群下解體 泛泛悠悠 邦遂喪越 至于今 老臣徒謝雨露之恩 而無以補天之漏 謹以君義二字 獻爲修身整國之本 伏惟睿鑑 臣植拜手稽首 昧死以謝

答曰 省所陳疏章 可見其憂國之誠 雖在畎畝 未嘗少忘也 甚用嘉焉 若其所賜微物 何謝之有 爾其勿謝

≪출전≫『宣祖實錄』권5, 선조 4년(1571, 辛未) 5월 15일(丙子)

46. 조식이 사직장辭職狀을 올리면서 당시의 폐단을 진술하다.[83)]

조식이 사직장을 올렸는데, 그 내용은 다음과 같다.

"신은 나이가 칠십이 다 되었고 늙고 병든 데다 죄까지 무거운데, 전하의 명을 받고도 달려갈 수 없었습니다. 그러나 성상께서 너그러이 용서하시고 죄를 다스리지 않으시니, 만 번 죽을 각오로 죄를 기다립니다.

삼가 생각건대, 주상전하께서 이 늙은이를 부르시는 뜻은 미천한 이 몸을 보려 하심이 아니라, 진실로 성대한 교화를 펴는 데 만에 하나라도 보탬이 될 수 있는 한 마디 말을 듣고자 하신 것일 것입니다. 청컨대 '구급救急' 두 자를 올려 나라를 부흥시키는 한 마디 말로 삼아, 미천한 신이 몸을 바치는 것에 대신하려고 합니다.

삼가 살펴보건대, 나라의 근본이 무너져 물이 끓듯 불이 타듯 합니다. 여러 관원들은 정치가 황폐해져 시동尸童이나 허수아비처럼 손을 놓고 우두커니 있습니다. 기강은 씻은 듯이 무너지고, 원기는 완전히 소진되었으며, 예의는 쓸어버린 듯 없어졌고, 형정刑政은 온통 혼란스러워졌습니다. 선비들의 습속은 다 무너지고, 공도公道도 모두 없어졌으며, 사람을 등용하고 버리는 것은 혼란스럽고, 기근飢饉은 거듭거듭 닥치고 있습니다. 창고의 곡식은 고갈되고, 제사를 지내는 것도 다 더럽혀졌습니다. 세금과 공물貢物을 멋대로 걷고, 변방을 지키는 것은 모두 허술해졌습니다. 뇌물을 주고받음이 극도에 달했고, 백성들을 착취하는 것도 극도에 달했습니다. 백성들의 원통함이 극에 달했는데, 권세가들의 사치는 극에 달했습니다. 진수성찬의 음식은 극에 달했는데, 외국에서 바치는 공물은 통하지 않고 있습니다. 오랑캐들까지 우리를 업신여겨, 온갖 병폐가 매우 시급합니다. 하늘의 뜻과 사람의 일도 예측할 수가 없습니다. 그런데도 이를 방치하고 구제하지 않으면서 단지 헛된 명분만 일삼아 말을 독실하게 하는 사람만을 따르고 있습니다.

또한 산림山林에 버려진 사람을 찾아 어진 이를 구한다는 미명美名을 얻으려 하고 있습니다. 그러나 명분은 실질을 구제하기에 부족합니다. 이는 마치 그림 속의 떡이 굶주림을 족히 구제할 수 없는 것과 같습니다. 이는 지금의 급한 상황을 구제하는 데 전혀 도움이 되지 못합니다. 청컨대 완급과 허실을 잘 분간하여 조처하소서.

예로부터 태평성대라 할지라도 시비是非와 가부可否를 따지는 것을 없앨 수 없었기에, 궁중의 여자들까지도 모두 글을 올려 나랏일을 논하는 대열에 참여할 수 있었습니다. 오늘날은 국가의 형세가 엎어질 듯 위태로워 어찌할 수 없을 정도입니다. 그런데도 정승의 자리에 있는 사람이 좌우에 둘러서서 바라보기만 하며 구제하지 못하니, 이는 반드시 손도 댈 수 없는 형세에 있기 때문입니다.

시세의 변화를 잘 알지도 못하는 무지한 노인이 분수에 벗어나게 관아의 일을 거론하며 죽음을 무릅쓰고 말씀드립니다. 처사가 함부로 논의한 죄는 신이 마땅히 받겠습니다. 삼가 사직장을 올립니다."

라고 하였다.

○ 曺植辭職狀曰 年及時制 老病罪重 奔命不得 上恩寬宥

不卽治罪 萬死待罪 伏念 主上徵召老民之意 非欲見微末殘敗之身 固欲聞一言 以補聖化之萬一 請以救急二字 獻爲興邦一言 以代微臣之獻身 伏見 邦本分崩 沸如焚如 群工荒廢 如尸如偶 紀綱蕩盡 元氣蕭盡 禮義掃盡 刑政亂盡 士習毁盡 公道喪盡 用捨混盡 飢饉荐盡 府庫竭盡 饗祀瀆盡 徵貢橫盡 邊圉虛盡 賄賂極盡 掊克極盡 冤痛極盡 奢侈極盡 飮食極盡 貢獻不通 夷狄陵如 百疾所急 天意人事 亦不可測也 舍置不救 徒事虛名 論篤是與 竝求山野棄物 以助求賢美名 名不足以救實 猶畫餠之不足以救飢 都無補於救急 請以緩急虛實 分揀處置 自古雖大平之世 不得無是非可否 宮中女子 皆得上書論列 今也 國勢顚危 無可奈何 身居鈞輔者 左右環視而莫救 必有下手不得之勢 不曉時變 無知老民 出位侵官 昧死以聞 處士橫議之罪 臣固當受 謹狀

《출전》『宣祖實錄』권5, 선조 4년(1571, 辛未) 5월 15일(丙子)

47. 처사 조식의 졸기卒記 / 선조실록

처사 조식이 졸하였다. 조식의 자는 건중楗仲으로, 승문원 판교承文院判校를 지낸 조언형曺彥亨의 아들이다. 어려서부터 용모가 순수하였으며, 어른처럼 조용하고 정중하였다. 장성해서는 어떤 글이든 통달하지 않음이 없었다. 특히 『춘추좌씨전春秋左氏傳』과 유종원柳宗元의 글을 더욱 좋아하였다. 글을 지을 적에는 기이하고 고상하게 하기를 좋아하고, 형식에 구애되지 않았다.

성균관에서 선비들에게 대책對策을 묻는 시험을 보일 적에, 담당 관원에게 올린 글이 여러 번 우수한 성적으로 뽑혀, 명성이 사림에 진동했다. 하루는 글을 읽다가 허노재許魯齋[84]의 "이윤伊尹의 뜻에 뜻을 두며, 안연顔淵의 학문을 배운다.……[志伊尹之志學顔淵之學……]"는 말을 보고서, 이제까지의 학문이 옳지 못하였다는 것을 비로소 깨달았다. 그래서 성현의 학문에 마음을 두고 용맹하게 곧장 실천해 나가며, 다시는 세속의 학문에 동요되지 않았다.

'경의敬義' 두 자를 창문이 있는 벽 사이에 크게 써 붙여 놓고 말하기를 "우리 집에 이 두 자가 있는 것은 하늘에 해와 달이 있는 것과 같아서 만고의 세월을 비추어도 변치 않을 것이다. 성현의 천만 마디 말이 그 귀결점을 찾아보면, 이 두 자 밖으로 벗어나지 않는다."고 하였다.

일찍이 문인들에게 말하기를 "학문을 하는 것은 그 예禮가 어버이를 섬기고 형을 공경하는 사이에서 벗어나지 않는다. 이를 힘쓰지 않고 문득 성리性理의 깊은 이치를 궁구하려 하면, 이는 인사人事에서 천리天理를 구하는 것이 아니어서 결국 마음에 실득이 없을 것이다. 이 점을 깊이 경계해야 한다."고 하였다.

그는 천성이 효성과 우애에 돈독하였다. 어버이의 상喪을 당해서는 상복을 벗지 않고, 여막을 떠나지 않았다. 또 아우 조환曺桓과는 음식을 함께 먹고, 이불을 함께 덮으며 살았다. 지식이 고명하며 나아가고 물러나는 도리에 밝았다. 한결같이 세도世道가 쇠퇴하여 어진 이들의 행로行路가 기구해지자, 도를 만회해 보려는 뜻을 품었다. 그러나 끝내 때를 만나지 못하였을 알고서, 그런 생각을 거두어 가지고 산야山野로 돌아갔다. 만년에는 두류산頭流山 밑에 터를 잡고 살았다. 별도로 정사精舍를 지어 '산천재山天齋'라 현판을 달고서 노년을 끝마쳤다.

중종조中宗朝에 천거로 헌릉참봉獻陵參奉에 제수되었으나 나아가지 않았다. 명종조明宗朝에 이르러 유일遺逸로 천거되어 여러 번 6품직에 임명되었으나 모두 나아가지 않았다. 다시 상서원판관尙瑞院判官으로 불러 들여 임금이 대전大殿에서 인견하였다. 임금이 치란治亂의 도와 학문하는 방법을 묻자, 응대하기를 "군신 사이의 정과 의리가 서로 미덥게 된 뒤에야 지치至治를 이룩할 수 있습니다. 임금의 학문은 반드시 자득自得을 해야지, 단지 남의 말만 들어서는 무익합니다."라고 하였다. 그리고 마침내 고향의 산 속으로 돌아갔다.

지금 임금께서 보위에 오르신 뒤, 교서敎書를 내려 그를 불렀으나, 노병老病으로 사양하였다. 계속해서 그를 부르는 명이 내리자, 또 상소를 올려 사양하면서 '구급救急' 두 자를 바쳐 자신의 몸을 대신해 올리기를 청하였다. 그리고서 시폐時弊 열 가지를 차례로 열거하였다. 그 뒤 또 교지를 내려 불렀으나, 사양하고 봉사封事를 올렸다. 다시 종친부 전첨宗親府典籤에 제수하였으나, 끝내 나오지 않았다.

신미년(1571) 큰 흉년이 들어 임금이 곡식을 하사하자, 사은하고 상소를 올렸는데 말이 매우 간절하였다. 임신년(1572) 병이 심해지자 임금이 내의원 의원을 보내 치료하게 하였는데, 의원이 도착하기 전에 생을 마감했다. 향년 72세였다.

부고가 전해지자, 임금은 크게 슬퍼하여 신하를 보내 제사를 지내게 하고, 곡식을 내려 부조하였다. 그리고 사간원 대사간에 추증하였다. 사방에서 찾아와 조문하는 옛 친구들과 제자들이 수백 명이나 되었는데, 사문斯文을 위해 애통해 하였다.

조식은 타고난 자질이 맑고 높았다. 두 눈에는 빛이 형형하여 바라보면 세속의 사람이 아님을 알 수 있었다. 말을 영특하게 하여 우뢰가 치고 바람이 일듯 했다. 그리하여 사람들로 하여금 자신도 모르게 이욕利慾의 마음이 사라지게 하였다. 평상시에는 하루 종일 단정히 앉아 게으른 모습을 보인 적이 없었다. 나이 칠순이 넘어도 항상 한결같았다. 배우는 자들이 '남명선생南溟先生'이라고 불렀다. 문집 3권이 세상에 전한다.

○ 乙未 處士曺植卒 植字楗仲 承文院判校彦亨之子也 自爲兒齒 容貌粹然 靜重若成人 及長 於書無不通 尤好左柳文字 製作好奇高 不拘程式 因國學策士 獻藝有司 屢被高選 名動士林 一日讀書 得許魯齋志伊尹之志 學顔淵之學等語 始悟舊學不是 刻意聖賢之學 勇猛直前 不復爲俗學所撓 大書敬義二字於窓壁間曰 吾家有此兩箇字 如天之有日月 洞萬古而不易 聖賢千言萬語 要其歸 都不出二字外也 嘗語門人曰 爲學 禮不出事親敬兄之間 如或不勉於此 而遽欲窮探性理之奧 是不於人事上求天理 終無實得於心 宜深戒之 天性篤於孝友 執親之喪 身不脫衰 足不出廬 與弟桓 合食共被 未嘗異居 智識高明 審於進退 一自世道衰喪 賢路崎嶇 雖有志於挽回 知終不遇 卷懷山野 晩卜頭流山下 別搆精舍 扁曰山天齋 以終老焉 在中廟朝 以薦獻陵參奉不起 至明廟朝 又以遺逸 屢遷六品官 皆不就 復以尙瑞院判官徵入 引對前殿 上問治亂之道 爲學之方 對曰 君臣情義相孚 然後可以爲治 人主之學 必須自得 徒聽人言無益 遂歸故山 今上嗣服 以敎書召之 辭以老病 繼有徵命 又辭奏疏 請獻救急二字以代獻身 因歷擧時弊十事 其後 又下旨趣召 辭上封事 轉授宗親府典籤 終不赴

辛未大饑 上賜之粟 因陳謝獻疏 辭甚剴切 壬申病甚 上遣醫治疾 未至而終 年七十有二 訃聞 上震悼 賜祭賻粟 贈爵司諫院大司諫 故友諸生 自四方來弔者 幾數百人 爲斯文慟也 植氣宇淸高 兩目炯燿 望之 知非塵世間人 言論英發 雷厲風起 使人不自覺其潛消利慾之心也 燕居 終日危坐 未嘗有惰容 年踰七旬

常如一日 學者稱爲南溟先生 有文集三卷 行于世

≪출전≫『宣祖實錄』권6, 선조 5년(1572, 壬申) 2월 8일(乙未)

48. 처사 조식의 졸기. / 선조수정실록

처사 조식이 졸하였다. 조식의 자는 건중楗仲이다. 그 선대는 창녕인昌寧人으로, 삼가현三嘉縣에서 자랐다. 젊어서 호방하고 용감하여 예법에 구애되지 않았으며, 스스로 자기 재주를 자부하였다. 문장은 기이하고 예스러운 것을 힘썼는데, 내심 과거 급제와 공명功名을 이룩하는 것을 손쉽게 이룰 것으로 여겼다.

일찍이 벗들과 『성리대전性理大全』을 읽다가 허노재許魯齋 : 許衡가 말한 '이윤伊尹이 뜻한 바에 뜻을 두고, 안자顔子가 배운 바를 배워, 세상에 나가면 왕도를 행함이 있고, 재야에 물러나 있으면 지키는 것이 있어야 한다. 대장부는 이와 같이 해야 한다.'는 대목에 이르러, 탄식을 하며 분발하여 실질적인 학문에 뜻을 독실히 하였다. 그리하여 과거 공부를 폐기하였다.

일찍이 한양에서 살 적에 성수침成守琛을 방문했다. 그가 백악산白岳山 밑에 집을 짓고 세상사를 사절하고 사는 것을 보고서, 마침내 그와 벗이 되었다. 고향으로 돌아가 벼슬을 하지 않고 지리산智異山 밑에서 살았다.

물건을 취하고 주는 것이 구차하지 않았으며, 남을 인정하는 일이 적었다. 항상 방안에 단정히 앉아 칼로 턱을 괴거나 차고 있던 방울을 흔들어 스스로 마음을 경각시켰다. 밤에도 넋을 잃고 잔 적이 없었다. 그처럼 한가로이 지낸 세월이 오래되자, 인

욕과 잡념이 깨끗이 사라져 천길 높은 절벽처럼 우뚝한 기상이 있었다. 꼿꼿한 절개로 악을 미워하여 선하지 않은 시골 사람들은 자신을 더럽힐 듯이 멀리했다. 그러므로 시골 사람들이 감히 접근하지 못했다. 단지 학도들만 종유하였는데 모두 심복心服하였다.

명종 때 이항李恒과 함께 임금의 부름을 받고 입대入對하였다. 임금이 치도治道를 물었는데, 조식의 대답은 매우 간략하였다. 물러나 이항과 술을 마시며 취기에 농담하기를,

> "자네는 상등의 도적이 되고, 나는 다음 가는 도적이 되었네. 이 도적들은 남의 집 담장을 뚫는 자들이 아니겠는가?"

라고 하였다. 드디어 사직하고 고향으로 돌아가자, 청렴한 이름이 한층 더하였다.

지금 임금이 즉위한 뒤 여러 번 벼슬을 제수하였으나 나오지 않았다. 이때에 이르러 병이 나자, 임금이 내의원의 의원을 보내 병을 치료하게 하였는데, 의원이 도착하기 전에 졸하였다. 나이는 72세였다. 조정 신하들이 시호를 내려 포상하고 장려하는 뜻을 보일 것을 청하자, 임금이 전례가 없다는 이유로 윤허하지 않았다. 대사헌에 추증하고 부조 물자를 하사하여 장사지내게 하였다.

조식의 학문은 마음으로 터득하는 것을 귀중히 여겼고, 치용致用과 실천實踐을 급무로 여겼다. 강론講論하거나 변석辨釋하는 말을 하는 것을 좋아하지 않아, 학도를 위해 경서를 담론하거나

해설한 적이 없었으며, 단지 자신에게 돌이켜 구해 스스로 그 뜻을 터득하게 하였다. 그 정신과 기풍이 사람을 격동시키는 점이 있었다. 그러므로 그를 따라 배우는 자들은 계발하는 바가 많았다. 『참동계參同契』를 꽤 즐겨 보았는데, "좋은 점이 매우 많으니 학문을 하는 데 도움이 있다."고 했다. 또 "불가佛家의 상달처上達處는 우리 유가儒家와 마찬가지이다."라고 하였다. 일찍이 '경의敬義' 두 자를 벽에 써 두고서 학자들에게 보여주었는데, 임종할 적에 문인들에게 말하기를,

"이 두 자는 해와 달과 같아서 폐할 수 없다."

라고 하였다. 조식은 저서는 없고 약간의 시문詩文만 세상에 행해지고 있다. 학자들이 '남명선생南冥先生'이라 불렀다.

○ 朔戊午 處士曺植卒 植字楗仲 其先昌寧人 家于三嘉縣 少時 豪勇不羈 自雄其才 爲文務奇古 謂科第功名可俯取 嘗與友人 讀性理大全 至許魯齋語 志伊尹之所志 學顔子之所學 出則有爲 處則有守 丈夫當如此 乃惕然發憤 篤志實學 因斷棄擧業 嘗游漢都訪成守琛 見其搆屋白岳峯下 謝絶世故 遂與爲友 歸鄕不仕 居智異山下 取與不苟 少許可 常危坐一室 以劍拄頤 佩鈴以自警 雖夜未嘗昏睡 閑居旣久 澄汰欲念 有壁立氣像 耿介嫉惡 鄕人之不善者 視之若浼 故鄕人不敢干謁 只有學徒從游 皆心服焉 明宗朝 與李恒同被召入對 問以治道 植對甚率略 退與恒飮醉戱語曰 汝爲上賊 吾爲副賊 此賊豈非穿窬之類耶 遂辭

歸鄕里 淸名益播 今上朝 累除官不就 至是有疾 上遣醫治疾 未至而卒 年七十二 朝臣請易名以示褒奬 上以無舊例不許 贈大司諫 賜賻物以葬 植之爲學 以得之於心爲貴 致用踐實爲急 而不喜爲講論辨釋之言 未嘗爲學徒談經說書 只令反求而自得之 其精神風力 有竦動人處 故從學者多所啓發 頗喜看參同契 以爲極多好處 有補於爲學 又言釋氏上達處 與吾儕一般 嘗書敬義二字于壁 以示學者 臨終謂門人曰 此二字 如日月 不可廢也 植不著書 有詩文若干篇行於世 學者稱南冥先生

≪출전≫『宣祖修正實錄』권6, 선조 5년(1572, 壬申) 1월 1일(戊午)

49. 선조가 예조 좌랑 김찬金瓚을 보내 조식의 영전에 제사한 제문.

임금이 예조 좌랑 김찬金瓚을 보내 고 종친부 전첨 조식의 영전靈前에 제사를 지내게 했는데, 그 제문은 다음과 같다.

공은 산천의 바른 기운과
우주의 영특한 신령을 받고 태어났네.
자질이 빼어나고 명랑하며,
타고난 품성이 순수하고 밝았도다.
난초 밭에서 난초가 자라듯,
학문이 있는 집안에서 성장하였네.
문예를 부지런히 익히고 닦아,
무리 가운데서 우뚝 뛰어났도다.
일찍이 대의大義를 깨닫고서,
깊은 이치를 널리 탐구하였네.
큰 뜻 세우고 안자顔子처럼 되길 바라,
그 경지에 이르길 기약하였지.
하늘이 사문斯文에 화를 내려,
선비들이 따를 바를 잃었었네.
진실되고 질박한 사람 헐뜯으며,
시류가 좋아하는 바에 아첨하였지.
그러나 뜻한 바를 굳게 지켜,
공은 지조를 변치 않았도다.
아름다운 문장 짓는 것 여사로 여기고,

도를 추구하길 착실히 하였네.
깊은 조예를 갖게 되자,
화려한 명성을 싫어하여,
아름다운 옥을 가슴속에 품은 채,
산림에 깊이 은거하였네.
밤낮으로 분전墳典[85]을
더욱 강마講磨하여,
학문은 높은 산처럼 우뚝하고,
깊은 바다처럼 넓고 깊었네.
맑은 겉모습은 서릿발처럼 깨끗했고,
향기로운 덕성은 난초처럼 은은했으며,
마음은 유리병·가을달처럼 밝았고,
행실은 상서로운 별 경사스런 구름 같았네.
멀리 있다고 어찌 세상사 잊으리,
나라 근심 척신戚臣보다 깊었네.
아! 바로 이 마음이,
임금은 요순처럼 백성은 요순 시대 백성으로 만들겠다는 생각.
선왕先王[86]께서 즉위하신 초기에,
권력을 훔친 신하가 권세를 잡았었지.
백이伯夷를 탐욕하다 도척盜跖[87]을 청렴하다 하여,
사邪로 정正을 공격하였네.
삼정三精[88]이 거의 흐려지고,
인간의 기강도 무너지려 하였는데.
우러러 생각하고 심사숙고하니,
누구를 의지하고 누구를 본받을 것인가.
하늘이 선왕의 성충聖衷을 도와,
마음을 다짐해 어진 사람 불렀네.
구중궁궐에 임명을 알리는 조서 내리고,
도로에는 초청을 하는 예물 왕래했네.

공은 이에 마음을 분발하여,
나라 위해 헌신하기를 결심하였네.
곧게 말하고 넌지시 드러낸 말,
의리는 정직했고 말은 엄숙했네.
누가 말했던가 봉황이 한 번 울자,
많은 사람들의 다문 입이 열린다고.
간사하고 아첨하는 자들 뼛속까지 섬뜩했고,
자리나 지키던 관료들 식은땀 흘렸네.
그 위엄 종묘사직을 안정시키고,
그 충성 조정을 격동시켰네.
사람들은 말했네 공이 위태롭다고,
그러나 공은 조금도 두려워하지 않았네.
선왕은 말년에 이르러,
매우 두려워하시었네.
간사한 무리들을 내쫓고,
어진 이를 생각하고 덕 있는 이를 방문했네.
맨 먼저 우리 공을 기용起用하여,
역마를 자주 보내 불러들였네.
백의白衣로 조정에 나와,
쌓은 선으로 진언을 하였네.
응답하는 말 메아리가 울리는 듯,
고기가 물을 만나 서로 기뻐하듯.
공이 고향을 그리워하여,
돌아가기를 재촉하였네.
공이 타고 온 말 잡아두기 어려워,
온갖 핑계를 대어 머물게 하였네.
내가 보위를 이어 받고서,
일찍이 공의 명성 흠모하였네.
선왕의 뜻에 따라,

여러 번 사신을 보냈네.
공은 나를 멀리하고 나오지 않아,
내 부족한 정성 부끄러웠네.
충성을 담아 올린 상소는,
말이 곧고 식견이 넓고 컸네.
아침저녁으로 이 글을 대하면서,
병풍의 경계하는 글을 대신했네.
공이 조정에 나와,
나의 팔다리가 되어주길 바랬네.
어찌 생각했으리 한 번 병에 걸린 것이,
소미성少微星[89]의 부름인 줄을.
시내를 건너는 데 누구를 의지하리,
높은 산 같은 덕을 어디서 우러르리.
소자小子는 누구를 의지하고,
백성은 누구를 우러르리.
생각이 이에 미치니,
나의 마음이 매우 아프도다.
생각건대 옛날 은둔한 사람들,
대대로 밝은 빛이 있었네.
허유許由와 무광務光이 명성을 세워,
요임금·순임금 시대 번창하였지.
노중련魯仲連은 진秦나라에 항거하고,
엄광嚴光은 한漢나라를 부지하였네.
이들은 하나의 절개를 가지고서도,
오히려 난亂을 누그러뜨렸다네.
하물며 공의 아름다운 덕은,
금이나 옥처럼 곧은 데 말해 무엇하리.
몸은 시골에 묻혀 있지만,
세상의 경중이 되었지.

그 빛은 한 시대를 밝히고,
그 공적은 백대를 보존시켰네.
내 영광된 증직贈職을 더하지만,
어찌 그 예에 다하는 것이리.
옛날 선왕께서는,
함께 다스리지 못한 것 한하셨네.
나는 이 말씀을 음미하면서,
마음에 부끄러움을 품었네.
공의 모습 다시 볼 수 없으니,
이 한을 어찌 헤아릴 수 있겠는가.
저 남쪽 땅을 바라보니,
산은 높고 물길은 길구나.
하늘이 어진 이를 세상에 남겨두지 않아,
큰 원로들이 연이어 돌아가네.
나라가 텅 빈 듯하여,
모범이 될 사람이 없구나.
사신을 보내 제사를 지내니,
내 마음이 한없이 슬프구나.
정령精靈이 있다면,
나의 정성을 흠향하기를.

○ 上遣禮曹佐郎金瓚 諭祭于故宗親府典籤曺植之靈

河嶽正氣 宇宙精英 凝資秀朗 賦質純明

蘭畦茁芽 詩禮之庭 習文隷藝 超群發硎

早見大義 旁搜蘊奧 嘐嘐敢顔 是造是期

天椓斯文 士失所導 雕眞毁朴 媚于時好

益堅所志 公不渝操 餘事宏詞 望道慥慥

爰有所詣 遂厭聲華 握瑜懷瑾 高栖烟霞

昕夕典墳 益事講磨 卓乎山峻 淵盈河涵
淸標霜潔 馨德蘭薰 氷壺秋月 景星慶雲
遠豈忘世 憂深戚臣 嗚呼此心 堯舜君民
先王初載 盜臣秉柄 夷貪跖廉 以邪改正
三精幾瞀 人紀將覆 仰念深思 誰因誰極
天祐聖衷 銳意徵賢 宣庥九重 玉帛翩翩
公斯奮厲 爲國身損 讜言風發 義正辭嚴
孰謂鳴鳳 發此衆鉗 奸諛寒骨 具僚汗顔
威鎭宗社 忠激朝端 人謂公危 公不小慄
及玆季年 聖念深惕 黜回屛奸 思賢訪德
首起我公 馳驛頻繁 白衣登對 集善效君
答應如響 魚水相欣 公思舊居 式遄其歸
白駒難縶 輿言在玆 逮予嗣服 夙欽公聲
遹追先志 屢煩于旌 公乎邈邈 愧我菲誠
瀝忠獻章 言危識宏 朝晡對越 以代扆屛
庶幾公來 作我股肱 詎意一疾 小微告徵
濟川誰倚 高山何仰 小子疇依 生民誰望
言念及此 予心惻愴 思昔隱遁 代有烈光
由務樹聲 唐虞其昌 魯連抗秦 嚴光扶漢
縱云一節 尙或弭亂 況乎美德 金玉其貞
栖身數畝 爲世重輕 光燭一代 功存百世
榮贈雖加 豈盡其禮 伊昔先王 恨不同時
予味斯言 心懷忸怩 音容永隔 此恨何量

眷彼南服 山高水長 天不憖遺 大老繼零
國以空虛 奈無典刑 聊伻泂酌 予懷之傷
精靈不昧 歆我馨香

≪출전≫『宣祖實錄』권6, 선조 5년(1572, 壬申) 2월 8일(乙未)

50. 조식이 한양에 와서 벗 이준경李浚慶을 찾아보지 않다.

영중추부사領中樞府事 이준경李浚慶이 졸하였다. <중략>

이준경은 정승이 되어 체모를 잘 지켰다. 비록 선인善人을 좋아하고 선비를 장려하였으나, 자신을 낮추어 굽힌 적이 없었다. 조식曺植이 임금의 부름을 받고 한양에 들어왔을 때, 이준경은 옛날 친구로서 서신은 보냈으나 끝내 찾아가 그를 만나지 않았다. 조식이 고향으로 돌아갈 적에 그를 찾아가 작별 인사를 하고 말하기를,

"공은 어찌하여 정승의 자리에 있다고 자고자대하는가?"

라고 하자, 이준경이 말하기를,

"조정의 체모를 내가 감히 폄하할 수 없어서일세."

라고 하였다.

이황李滉이 한양에 들어왔을 때, 사대부들이 아침저녁으로 그의 문전을 찾았다. 이황은 그들을 한결같이 모두 예로 접대하였다. 나중에 이준경을 찾아가 인사하자, 이준경이 말하기를,

"도성으로 들어오신 지 오래되었는데, 어찌 이제야 찾아오십니까?"

라고 하였다. 이황이 사대부들을 접대하느라 찾아올 틈이 없었다고 하자, 이준경이 언짢아하며 말하기를,

"지난 기묘년(1519)에도 선비의 풍조가 이러하였습니다. 그 가운데는 양으로서 호랑이 가죽을 뒤집어쓴 자가 있었습니다. 사화가 이 때문에 일어난 것입니다. 조정암趙靜庵 : 趙光祖 이외는 그 누구도 나는 인정하지 않습니다."

라고 하였다.

인종仁宗이 붕어하여 빈소에 있을 때, 여러 신하들이 빈청賓廳에 모였다. 모두가 윤원로尹元老를 죽이려 하여 먼저 행동에 옮긴 뒤 보고하자고 하였다. 그리하여 재상들로 하여금 정승에게 가서 그 일의 가부를 논의하게 하였다. 이때 이준경은 한성부 우윤漢城府右尹으로 그 자리에 참여하였는데, 홀로 말하기를,

"지금은 전일과 다릅니다. 대비大妃께서 위에 계시는데, 어찌 아뢰지 않고 마음대로 그 동기간을 주벌할 수 있겠습니까?"

라고 하였다. 이 말로 인하여 그 논의가 중지되었다. 송인수宋麟壽 등이 모두 그르게 여겼다. 그 후 오래지 않아 사화가 크게 일어나 수많은 사류士類가 참혹한 화를 당하였다. 그러나 이준경은 평안감사平安監司로 좌천되기만 하였다. 윤원형尹元衡은 항상 앞

서의 일을 고맙게 생각하고 그를 끌어들여 정경正卿의 자리에 앉혔으며, 마침내 정승에까지 이르렀다. 그러나 이준경은 조정에서 꼿꼿하게 집정執政하며 끝내 그에게 굽히는 바가 없었다.

○ 朔甲申 領中樞府事李浚慶卒 <중략> 浚慶爲相 矜持體貌 雖好善奬士 未嘗卑屈 當曺植被召入京 浚慶以故舊 書信通問 終不往見 植將還鄕 乃就而告別 且曰 公何以相位自高 浚慶曰 朝家體貌 吾不敢自貶也 李滉之入來 士大夫朝夕候其門 滉一皆禮接 最後往謁浚慶 浚慶曰 入城已久 何來見之晩 滉答以應接不暇 浚慶不悅曰 往在己卯 士習如是 其間亦有羊質虎皮 禍由是媒 趙靜庵外 吾不取也 仁廟在殯 諸臣會賓廳 皆欲殺尹元老 先行後聞 令諸宰詣政丞前 言其可否 浚慶以右尹參列 獨言今時異於前日 大妃在上 豈可不稟而擅誅其同氣乎 議由是沮 宋麟壽等皆非之 未久 士禍大作 一隊虀粉 而浚慶只左遷平安監司 元衡常以前事德之 引置正卿 卒至大拜 浚慶正色立朝 終無所屈

《출전》『宣祖修正實錄』 권6, 선조 5년(1572, 壬申) 7월 1일(甲申)

주註

1) 이몽량李夢亮 : 1499~1564. 자는 응명應明, 본관은 경주이다. 1522년 생원시·진사시에 합격하고, 1528년 문과시험에 합격하여 형조판서에 이르렀다. 1552년 경상도 관찰사로 재직할 때, 조식 등 사림을 천거하였다.
2) 조식曺植 : 1501~1572. 자는 건중健仲, 호는 남명南冥, 본관은 창녕이다.
3) 치계馳啓 : 역말을 치달려 급히 임금에게 아뢰는 것.
4) 청홍도淸洪道 : 충청도를 말함.
5) 계본啓本 : 임금에게 아뢰는 글.
6) 주부主簿 : 봉상시奉常寺·종부시宗簿寺 등에 소속된 종6품직이다.
7) 성수침成守琛 : 1493~1564. 자는 중옥仲玉, 호는 청송聽松, 본관은 창녕이다. 성세순成世純의 아들로, 조광조에게 수학하였다. 1519년 현량과에 천거되었으나 기묘사화가 일어나자 두문불출하였다. 여러 차례 천거되었으나 끝내 나아가지 않고 학문에 전념하였다. 그의 학문은 아들 성혼成渾에게 전해졌다. 조식과 교유하였다.
8) 일민逸民 : 유일遺逸과 같은 말로, 훌륭한 재주와 덕행이 있지만 조정에 등용되지 못한 재야의 학자를 말한다.
9) 이희안李希顔 : 1504~1559. 자는 우옹愚翁, 호는 황강黃江, 본관은 합천이다. 경상도 초계에 살았다. 모재慕齋 김안국金安國의 문인으로 조식과 절친했다.
10) 성제원成悌元 : 1506~1559. 자는 자경子敬, 호는 동주東洲, 본관은 창녕이다. 유우柳藕의 문인이며, 1553년 유일로 천거되어 보은현감을 지냈다. 1558년 조식과 해인사에서 만난 일화가 널리 알려져 있다.
11) 조욱趙昱 : 1498~1557. 자는 경양景陽, 호는 용문龍門, 본관은 평양이다. 1516년 생원시와 진사시에 모두 합격하였으나, 과거를 단념하고 조광조趙光祖·김식金湜에게 수학하여 학문에 전념하였다. 양평 용문산에 은거하여 살았다.
12) 성수종成守琮 : 성수침成守琛을 잘못 표기한 것이다. 성수종은 성수침의 동생으로, 1519년 문과에 합격했고, 1533년 졸하였다.
13) 자전慈殿 : 임금의 어머니. 여기서는 명종의 어머니인 문정왕후를 가리킨다.
14) 주周나라 법 : 『주례周禮』를 가리키는 듯함. 『주례』「대사구大司寇」·「소사구小司寇」의 직임에 보면, 상세한 형벌이 명시되어 있다.
15) 망한 송宋나라 : 춘추시대 송나라를 가리킴. 송나라 양공襄公이 초나라와

전쟁을 할 적에 초나라 군사들이 강을 건널 때 치자는 신하의 말을 듣지 않고 적이 다 건너와 배수진을 친 뒤에 싸워 대패하였다.

16) 이 말은『중용장구』제20장에 보이는 말이다.

17) 후설喉舌 : 목과 혀로, 왕명을 출납하는 승정원을 가리킴.

18) 유윤惟允 : 왕명의 출납을 담당한 신하는 참소하는 말이나 거짓말이 임금에게 진달되지 않도록 왕명을 출납할 적에 잘 살펴서 오직 진실된 말만을 아뢰어야 한다는 말이다.『서경』「순전舜典」에 보인다.

19) 조계朝啓 : 죄인을 논죄하는 일에 대해 임금에게 아뢰는 일을 말함.

20) 청리聽理 : 소송을 듣고 심리함. 여기서는 조식이 불경죄한 말로 상소한 것에 대해 신하들의 의견을 듣고 심리하는 것을 말한다.

21) 엄광嚴光・주당周黨 : 모두 후한 초기의 인물로, 후한 광무제와 친했으나 끝내 벼슬길에 나아가지 않았던 사람들이다. 엄광은 광무제와 동문수학했는데, 광무제가 왕도정치를 이룩할 수 없는 인물임을 알고서 나아가지 않았다.

22) 엄자릉嚴子陵 : 자릉은 엄광의 자이다.

23) 소매를……부수면서 : 소매를 잡아당기면서 간언한 것은 위 문제魏文帝 때 신비辛毗의 고사이고, 머리를 부수면서 간언한 것은 춘추시대 진 목공秦穆公의 신하 금식禽息의 고사이다.

24) 이 말은『맹자』「고자 하」에 보인다.

25) 산음山陰 : 경상남도 산청을 말함.

26) 배익겸裵益謙 : 1529～?. 자는 이퇴而退, 호는 둔재遯齋, 본관은 분성盆城이다. 산청 사람으로 오건吳健의 문인이다.

27) 추생어사抽栍御史 : 조선시대 지방 수령의 잘잘못과 민생의 실정을 살피기 위해 임금이 몰래 파견한 암행어사를 말한다.

28) 공수龔遂・황패黃霸 : 모두 전한前漢 때 사람으로, 어진 지방 수령을 대표하는 인물들이다.

29) 문음門蔭 : 선대의 공으로 후손을 벼슬자리에 임용하는 것을 말함. 여기서는 그렇게 임용되는 사람을 가리킨다.

30) 염파廉頗・이목李牧 : 염파는 전국시대 장수이고, 이목은 한 나라 때 장수이다.

31) 주의注擬 : 관리를 임용할 적에 이조와 병조에서 후보자 3인을 정하여 올리는 일을 말한다.

32) 심상心喪 : 상복을 입지 않아도 될 사람이 죽은 이를 위해 마음으로 삼년상을 행하는 것을 말한다.

33) 보장寶仗 : 임금의 의장儀仗인 무기・기・일산・부채 등을 가리킨다.

34) 중훼仲虺 : 상商나라 초 탕임금의 좌상左相을 지낸 인물이다.
35) 이 말은 『서경』 「중훼지고仲虺之誥」에 있다.
36) 입장마立仗馬 : 임금의 의장에 쓰이는 말. 의장으로 뽑힌 말은 온종일 소리를 내지 않아야 먹이를 받아 먹을 수 있지, 만약 소리를 내면 쫓겨나게 된다고 한다. 여기서는 임금을 가까이서 모시는 사람들이 입을 다물고 있음을 비유한 말이다.
37) 경척린經尺鱗 : 직경이 한 자나 되는 용의 비늘을 말함. 이를 건드리면 반드시 그 자를 죽인다고 한다.
38) 후릉참봉厚陵參奉 : 후릉은 조선 제2대 임금 정종定宗의 능임. 참봉은 동반東班 종9품직이다.
39) 조지서 사지造紙署司紙 : 종6품직이다.
40) 이계전李季甸 : 1401~1459. 세종 때 집현전 학사를 지냈으며, 뒤에 사육신 사건에 참여하지 않고 세조를 도운 대표적인 인물이다.
41) 허후許詡 : ?~1453. 허조許稠의 아들로, 수양대군의 등극을 돕지 않았다가 유배되어 교살된 인물이다.
42) 이 문구는 『논어』 「태백」에 보인다.
43) 중옥仲玉 : 성수침의 자이다.
44) 건중健仲 : 조식의 자이다.
45) 장마仗馬의 경계 : 한나라 임금의 의장마儀仗馬는 하루 종일 울지 않고 조용히 지내면 3품의 녹봉에 해당하는 곡물을 배불리 먹지만, 한번이라도 울면 바로 쫓겨났다고 한다. 여기서는 의장마처럼 아무 말도 안하고 가만히 있는 것을 비유하였다.
46) 금인金人의 침묵 : 주나라 후직后稷의 사당 앞에 금으로 만든 사람이 있는데, 입을 세 군데나 꿰맸다. 공자는 이를 보고 말을 삼가던 사람이라고 하였다. 여기서는 말을 않고 있는 신하를 비유하였다.
47) 양사兩司 : 사헌부司憲府와 사간원司諫院을 말한다.
48) 6조條 : 경명經明 · 행수行修 · 순정純正 · 근근勤謹 · 노성老成 · 온화溫和를 말함.
49) 반궁泮宮 : 성균관의 다른 이름이다.
50) 이 시는 지금 전하는 『남명집』에는 "山海亭中夢幾回 黃江老叟雪盈腮 半生金馬門三到 不見君王面目來"로 되어 있다. 『교감국역 남명집』(한길사, 2008), 85쪽 참조.
51) 상서원 판관尙瑞院判官 : 상서원은 이조에 딸린 관청이고, 판관은 종5품직이다.
52) 성학聖學 : 여기서는 임금의 학문을 말한다.

53) 방서方書 : 방술에 관한 책을 말함. 여기서는 의술에 관한 책을 가리킨다.
54) 도유都兪・우불吁咈 : 『서경』에 나오는 말로, 도유는 신하들이 임금의 말에 찬성하는 말투로 '아름답습니다' 또는 '좋습니다'라는 뜻과 유사하며, 우불은 신하가 임금의 말에 반대하는 말투로 '아닙니다' 또는 '그렇지 않습니다'라고 하는 것과 유사하다.
55) 소열제昭烈帝 : 중국 삼국시대 촉蜀나라 유비劉備를 가리킨다.
56) 취품取稟 : 어떤 일을 임금에게 아뢰고 조처를 기다리는 것을 말한다.
57) 공초供招 : 죄인이 범죄 사실을 진술한 말.
58) 옥당玉堂 : 홍문관弘文館의 별칭.
59) 도목정사都目政事 : 관원의 성적을 종합 심사하여 승진시키거나 좌천시키는 일로, 6월과 12월에 행하였다.
60) 소대召對 : 경연의 참찬관 이하를 불러 임금이 글을 강론하는 것.
61) 『중용장구』 제20장에 '구경九經'이 있다. 구경은 수신修身・존현尊賢・친친親親・경대신敬大臣・체군신體群臣・자서민子庶民・래백공來百工・유원인柔遠人・회제후懷諸侯이다.
62) 정이천程伊川 : 송나라 때 학자 정이程頤를 말함. 이천은 그의 호이다.
63) 이 말은 『중용장구』 제20장에 보인다.
64) 천승千乘 : 전차 1천 대를 출동할 수 있는 군사력과 재력을 가진 나라로, 춘추 시대 제후국을 말한다.
65) 도필리刀筆吏 : 문건이나 정리하는 하급 관리로, 여기서는 아전이나 서리를 말한다.
66) 방납防納 : 백성들이 공물을 바칠 것을 특정한 사람이 거두어 대신 바치는 것을 말한다.
67) 왕망王莽・동탁董卓 : 왕망은 전한前漢 말기에 나라를 찬탈한 사람이고, 동탁은 후한後漢 말에 나라를 찬탈한 사람이다.
68) 이 말은 『춘추좌씨전』 소공昭公 7년조에 보인다. 그런데 『춘추좌씨전』에서는 대체로 "여기에 있는 도적(나)은 높은 자리에 있어 데려갈 수 없다."는 뜻으로 해석한다. 여기서는 그런 의미로 본 것이 아니라, 단장취의하여 '임금에게 총애를 받는 도덕은 제거할 수 없다'는 뜻으로 쓰였다.
69) 이 말은 『전국책戰國策』 「제책齊策」에 보인다.
70) 이는 『서경』 「순전舜典」에 보이는 말로, 사흉은 공공共工・환두驩兜・삼묘三苗・곤鯀을 가리킨다.
71) 이는 사마천의 『사기』 「공자세가孔子世家」에 보이는 말로, 소정묘는 정사를 어지럽힌 노나라 대부였다.
72) 윤원형尹元衡 : ?~1565. 명종의 어머니인 문정왕후의 남동생으로, 1545

년 을사사화를 일으켜 사림을 많이 죽였고, 이후 약 20년간 권력을 농단하였다.

73) 이는 『주역』 해괘解卦의 뜻을 가지고 말한 것이다. 해괘는 상괘가 진震으로 우뢰에 해당하고, 하괘가 감坎으로 비에 해당한다. 우뢰와 비가 한 번 오면 시들어가던 천지의 만물이 모두 해갈되어 소생한다는 뜻이다.

74) 주周나라의 과부 : 『춘추좌씨전』 소공昭公 24년조에 보이는 고사로, 자신의 본업인 길쌈 걱정은 하지 않고, 과분하게 국사를 걱정한 주나라 과부의 이야기다.

75) 이 상소는 1567년(선조 즉위년) 5월에 올린 「정묘년사직정승정원소丁卯年辭職呈承政院疏」를 가리킨다.

76) 섭공葉公이……일 : 섭공은 춘추시대 초나라 섭현葉縣의 수령인 심제량沈諸梁을 가리킴. 섭공은 용을 좋아해 온 집안에 용을 그려놓았는데, 하늘의 용이 그 소문을 듣고 내려오자 놀라 달아나 버렸다고 한다. 여기서는 임금을 섭공에 비유하여, 형식적으로 어진 이를 부르지 말고, 진심으로 하라는 말이다.

77) 추안推案 : 죄인을 심문한 기록.

78) 회문回文 : 여러 사람이 돌려보도록 쓴 글.

79) 혜선惠鮮 : 『서경』 「무일無逸」에 나오는 말로, 어렵고 외로운 사람에게 은혜를 베풀어 다시 살아나게 한다는 뜻이다.

80) 근폭芹曝 : 맛난 미나리와 따뜻한 햇살로 시골 사람이 임금에게 바치는 작은 정성을 의미한다.

81) 이 말은 『시경』 대아大雅 「억抑」에 보인다.

82) 지난해 : 1568년을 가리킨다.

83) 이 상소는 1567년에 올린 것인데, 『선조실록』에는 1571년 5월에 올린 것으로 잘못 실려 있다. 『남명집』에는 이 상소의 내용과 동일한 상소를 '丁卯辭職呈承政院狀'이란 제목으로 싣고 있다.

84) 허노재許魯齋 : 원나라 때 학자 허형許衡(1209~1281)을 말함. 노재는 그의 호이다.

85) 분전墳典 : 삼분오전三墳五典을 가리킴. 삼분은 중국 고대 삼황三皇의 책이고, 오전은 오제五帝의 책이라고 하는데, 지금은 전하지 않는다.

86) 선왕先王 : 명종明宗을 가리킴.

87) 도척盜跖 : 중국 고대 도적의 괴수로, 도적을 대표하는 인물로 일컬어진다.

88) 삼정三精 : 해・달・별의 정기를 말함.

89) 소미성少微星 : 처사處士를 상징하는 별이다.

저자 약력

1954년 강원도 원주 출생
성균관대학교 한문교육과 졸업
동 대학교 대학원 문학석사, 문학박사 학위 취득
한국고전번역원(구 민족문화추진회) 연수부 및 상임연구원 수료
한국고전번역원 국역실 전문위원
현 경상대학교 인문대학 한문학과 교수
동 대학교 남명학연구소장

논저 및 역서

『성호 이익의 학문정신과 시경학』, 『한국경학가사전』, 『중국경학가사전』, 『나의 남명학 읽기』, 『남명과 지리산』, 『남명정신과 문자의 향기』, 『송원시대 학맥과 학자들』, 『유교경전과 경학』, 『선인들의 지리산 유람록』, 『용이 머리를 숙인 듯 꼬리를 치켜든 듯』, 『성호사설』, 『국역 남명집』

남명 전기 자료

조선왕조실록에 보이는 남명南冥 조식曺植 (1)

인 쇄 2009년 6월 1일
발 행 2009년 6월 10일
편 역 최 석 기
발행인 한 정 희
편 집 신학태 김하림 문영주 정연규 최연실 윤수진
영 업 이화표 관리 하재일 양현주
발행처 경인문화사
주 소 서울특별시 마포구 마포동 324-3
전 화 02-718-4831~2
팩 스 02-703-9711
이메일 kyunginp@chol.com
홈페이지 http://www.kyunginp.co.kr | 한국학서적.kr
등록번호 제10-18호(1973. 11. 8)

값 9,500원
ISBN 978-89-499-0651-5 03810
© 2009, Kyung-in Publishing Co, Printed in Korea
*잘못된 책은 교환해 드립니다.